# この恋が壊れるまで夏が終わらない

INNER GROOVE

AT THE END OF SUMMER

# 1

作家は毎日が夏休み、ただし八月三十一日である――。

そんな笑い話を、どこかの作家が書いていた。

高校一年生の夏を思い出すとき、きまって同時に浮かんでくるのがこの洒落《しゃれ》だった。なんとなれば僕はたとえ話でもなんでもなく実際にその年の八月三十一日を数え切れないほど繰り返したのだし、そのたびに巡ってくる締め切りに追い詰められ続けた。

僕の体験には笑えるところはなにひとつなく、たくさんのものが損なわれ、僕自身も傷だらけになった。それなのに笑い話と抱き合わせでしか思い出せないのは、そうでもしなければ記憶が苦すぎて反芻《はんすう》できないからかもしれない。

でも、忘れたいとは思わない。

夏が来るたびに、僕はむしろ自発的に、十五歳の八月をしまいこんだ氷室《ひむろ》の戸を開く。たとえば信号待ちの横断歩道で陽光に目を刺されたとき、銀行の自動ドアをくぐって冷房された空気に鼻先をぶつけたとき、ベランダに散らばる蝉《せみ》の抜け殻を見つけたとき、僕はそっと息を詰めて、血の酸味にまみれたその記憶を薄闇《うすやみ》の底から引き上げる。

どんなにひどい傷痕《きずあと》であっても、月日が経《た》って乾いて固まってしまえばもう自分をかたちづくる一部分だ。受け入れて、認めて、いとおしむしかない。

その傷は円を描いている。指でなぞれば、元の場所に戻ってくる。

レコードのいちばん内側に刻まれている溝だ。歌が終わってしまった後も、針を持ち上げるまで、回り続ける。

いつまでも回り続ける。

*

その年、僕は実にたくさんの本を読んだ。昔の英米文学が多かった。ヘミングウェイとかコンラッドとか、普段の自分ならぜったいに手を出さないようなタフな作家の著作を高校の図書室で片っ端から読んだ。

純香《すみか》先輩がすすめてくれたからだ。

先輩は三年生で、図書委員だった。わりと手に負えないレベルの読書好きで、本の話をする相手にいつも飢えていて、図書委員会なんかに入ってくる人間は自分と同じくらいの本の虫にちがいないと思い込んでいるふしがあった。

僕も委員会に入って最初の活動日に、どんな本が好きなのかとさっそく訊《き》かれた。

図書室の蔵書にざっと目を走らせて逡巡《しゅんじゅん》した。軽薄だと思われるのもいやだけれど、知ったかぶりをして後で露見するのも恥ずかしい。読んだことのある本の中でいちばん頭が良く見えるのはどれだろう、やっぱり海外のやつかな……という見事に軽薄な思惑からアーサー・ランサムの『ツバメ号』シリーズを挙げたところ、海洋文学が好きなのかと勘違いされて『老人と海』とか『ロード・ジム』とかを立て続けにすすめられたわけなのである。

　曲がりなりにも児童小説で読みやすかったランサムとちがって、先輩の推薦図書はどれも読みづらくて難解で重苦しかったけれど、先輩と話を合わせるために、生肉の塊を嚙《か》まずに丸呑《まるの》みするような勢いでとにかく読み進めた。

「もう読んじゃったの？　すごいね、柚木《ゆずき》くんなら卒業までに図書室全制覇できちゃうんじゃない？」

　そう言って目を輝かせる先輩を見たいがためだけの乱読だった。

「歴史ものの寄りのも好き？　エーコとか。『プラハの墓地』がこないだやっと入荷して、わたしはもう読んだんだけど最高だった」

「あ、はい、読みます。ありがとうございます。それで日本の作家でおすすめは……」

　翻訳ものの独特の回りくどさに食傷ぎみだった僕はおそるおそる言った。

「どういうのが読みたいの」

「ミステリとか、幻想小説っぽいのが好きです」

「安部公房とか、初期の黒岩重吾とかはどうかな」

なんでそう重たいのばっかりなんだ。どっちも読んだことないから想像だけど。僕は森見登美彦とか伊坂幸太郎とかそういうスパイシーだけどミルクたっぷりの無糖チャイみたいな文章が好きなので、純香先輩の趣味につきあうのはたいへんだった。

苦悩が表情に出てしまっていたのか、先輩は急に顔を曇らせて声を落とした。

「ごめん、わたしまたこうやって……相手のことも考えずに趣味押しつけちゃって。こんなんだからみんな来てくれなくなっちゃうんだよね……」

「そんなことないですよ」

僕はあわてて言い繕う。反省されたら会話が減ってしまって困る。

「先輩のすすめてくれるのは、読むのに体力要りますけど、全部面白いです」

先輩は物憂《ものう》げな目で僕の顔をまじまじと見つめてくる。

「柚木くんってお腹空かせてる犬みたいで、食べ物あげればあげるだけ食べてくれて、楽しくてついついなんでも食べさせちゃうんだよね」

「犬だと思われてたんですか……」

「猫派かもしれないのにごめんね……」

「いや、そういう問題じゃ」

「じゃあ次のおすすめは『１００万回生きたねこ』にするね」

極端にもほどがある。

＊

純香先輩をはじめて見たのは、入学式翌日の生徒会主催オリエンテーションだった。新入生を体育館に集めて行われる学校生活ガイダンスだ。

うちの高校の委員会活動はすべて有志で行われて、クラブ活動に近い。だから新入生オリエンテーションでも部活紹介に続いて各委員会の代表が登壇し、活動内容をアピールして入会者を募る。

図書委員長がステージに現れたとき、新入生（特に男子たち）は大いにざわついた。久米《くめ》沢《ざわ》純香、と名乗ったその三年生女子に僕らの視線は釘付《くぎづ》けになった。話の内容はほとんどだれも聞いていなかった。夜を梳《す》いたような長い黒髪も、陽にあてずに水だけでひっそり育てた花みたいに白い肌も、そこに映える唇のひとさしの薄桃色も、なにもかもが運命的に美しかった。

その日の放課後、図書室に純香先輩目当ての不純で軽薄きわまりない入会希望者が三十人ちかくも集まった。実のところ僕もその中の一人だった。

でも、四月の終わりには一年生の図書委員は僕ひとりになっていた。

理由は色々あった。まず仕事が地味にきつい。僕も入会前は、カウンターにぼんやり座って貸し出しの受付をするだけの楽な委員かと思っていたけれど、本のカバーかけ、蔵書整理、日報・週報の作成にイベントコーナーの企画……と、細々した業務が大量にある。しかも僕が入学した年はちょうど蔵書管理体制を電子化しようとしていた時期だったので、司書室の机に積み上がったコード未貼付《みちょうふ》の本の山は、貼《は》っても貼ってもさっぱり減らなかった。

おまけに純香先輩の喋《しゃべ》る内容が常人にはハイレベルすぎた。

「本って、すっごく恥ずかしがり屋なの、ほら、背表紙っていうでしょ。つまり本棚に並んでるときはみんな背中をこっちに向けてるの。読む人にだけ顔を見せてくれるんだよね。だから図書室では利用者がいなくて図書委員しかいなくても、静かにしなきゃいけないの。うるさくしたら本がびっくりするからね」

新入生に委員の業務をはじめて教える場で、いきなりこんな話をするのだ。僕以外の全員が引いているのが肌で感じられた。

しかも先輩は気に入った本を他人にすすめずにはいられないタイプの読書家であり、狭い司書室で一緒に作業をする新入生はかっこうの餌食《えじき》となった。

加えて先述の通りヘヴィな選書ばかりである。

下心だけで図書委員会に入ってきた連中が、居着くはずもなかった。

「去年もこうだったんだよね……」

四月最終週の、二人きりの司書室で純香先輩はしょんぼりしてつぶやく。

「たくさん入ってくれたんだけど、ほとんどやめちゃった。わたしのせい」

「先輩のせいじゃないですよ、あいつらは根性がなかっただけです！」

変に反省されて人員を呼び戻されたら先輩と二人だけで過ごす時間が減ってしまう。

僕は必死に擁護に回った。

「やる気のない委員なんて要らないですよ。僕が十人分くらい働きますから」

二・三年生で何人か残っている委員が、カウンター業務や書架整理を分担してくれている。あとはなるべく効率のいい蔵書管理電子化のやり方を確立すれば、僕と先輩で回せる。

幸いなことに、特殊なカラーコードを背表紙に貼り付けて本棚ごとスマホでスキャンするという蔵書管理システムアプリを見つけてあり、こつこつがんばればなんとかなりそうだった。

「柚木くん、無理してない……？」

「してないです。もともと本が好きだし」

ちょっと語調が強すぎたか、と僕は一呼吸入れる。

無理をしているのがばれてしまう。自然体で喋らないと。

「それに、先輩が言ってた、本が恥ずかしがり屋だっていうの、なんかわかるんですよね。読書って本と一対一でひっそりやりたいことっていうか……だから、その、委員が少なくても運営できる図書室が理想なので、そのために色々やってみようかなって」

これは嘘《うそ》ではなかった。僕は小学生の頃から、図書室の静けさがとても好きだったのだ。書架から気に入った一冊をとってきてソファに腰を下ろした瞬間の、外界から自分が切り離されてすうっと空気が薄くなるような感じをこよなく愛していた。

先輩は普段のふうわりとした笑顔ではなく、どこかさみしげな微笑《ほほえ》みをつくる。

「……そうなんだ。よかった」

染《し》み通るようなささやき声だった。

「でも、読む人にだけ顔を見せる、っていうのはわたしの考えついたことじゃなくてね。わたしが大好きな作家が書いてたんだよね。作家にいちばん近い職業はなにか、っていうテーマのエッセイで」

「いちばん近い職業……ですか？　なんだろう」

僕は少し考える。漫画家や映画監督、だとそのまんまの意味で近い職業だからわざわざエッセイに書くような面白い話にならない。近そうじゃなくて近い……たとえば料理人とか建築家？　農家？

「正解は売春なんだって」

「え」

先輩の口から思ってもみなかった単語が滑り出てきたので僕はぎょっとする。

「小説って、ほら、作者の心のいちばん奥にあるどろどろ・もやもや・ぬめぬめしたものを文章にするわけでしょ。読む方も心をいちばん奥まで開いて受け入れるから感動するわけじゃない。それってやっぱり恥ずかしいことだから他人に見られたくなくて、本と自分の二人っきりになれる場所がよくて、これってセックスそっくりでしょう」

熱くなった頭で僕は先輩の話を吟味する。

お互いの最も恥ずかしい部分をさらけ出し合って交歓する秘め事。それを職業的に供給するのだとすると、たしかに娼婦《しょうふ》と重なる部分がとても多い。じゃあ図書館は娼館なのか。ちょっと語感も似てるし。

……なんていう薄ら寒い駄洒落は僕の意識の表面を滑っていくばかりだった。とにかくそのときの僕は、先輩の口からセックスという言葉が飛び出してきたのにびっくりして冷静ではいられなかったのだ。

「……ええ、まあ、たしかに……うまいこと言いますね、さすが作家」

とにかくなにか言葉を返そうと、薄っぺらい感想をつぶやく。

純香先輩はこれまでもいきなりぎょっとする話を持ち出してきて周囲を驚かせてきた

ものだけれど、ストレートに性的な話をされるのははじめてだった。

しかし、先輩の平然とした様子を見ていると、どぎまぎしている自分の方が愚かに思えてくる。文学的な話なわけだし、インパクトのあるたとえを用いただけで、扇情的な意図はないはずだから。先輩を見習って僕も大人になろう。セックスなんて単語にいちいち過剰反応するのはみっともない。

ほら、先輩はなんでもなさそうにカバー掛け作業に戻ったぞ。

僕もシール貼り付け作業に戻らなきゃ。

妙に長い沈黙を訝《いぶか》しく思ってちらと上目遣いでうかがうと、純香先輩の顔が朱に染まっているのに気づいた。

目が合うと先輩はびくりとなる。

「……今の話はっ、その、たとえ話だから、全然そういう意味はないから、気にしないでね」

気にしないでいられるわけがなかった。

＊

美術部に入ったのも、純香先輩がすすめてくれたからだった。

「美術の幾原《いくはら》先生が、すごく優しくて良い先生なの。教え方も上手だし。わたしも入部するまでは油絵の具なんて触ったこともなかったけど、二年生のときには県のコンクールで銀賞もらえるくらいまで上達したんだよ」

部活でも先輩と一緒にいられるのは理想的だったのですぐに入部を決めた。

ところが僕の早とちりだった。うちの高校は進学校なので三年生が受験に備えるためにかなり早めに部活動を引退することになっており、夏の大会などが特にないクラブは三年進級と同時に引退というのが慣例になっていたのだ。

文句を言うわけにもいかない。僕の不純な動機がばれてしまう。不本意ながら、先輩のいない美術室で絵を描くことになった。

「久米沢さんも悪気があってのことではないと思います」

美術教師の幾原先生は、そう言ってがらんとした美術室を振り返り、笑った。

「見ての通り部員がいなくて、自分が引退したら廃部になってしまうから人を集めようとしてくれてるんでしょう。他の部員は……二年生に道永《みちなが》さんという娘《こ》がいるんですが、あんまり来てくれないんですよね。柚木君も久米沢さんがいないと張り合いがないかもしれませんが、なるべく来てくれるとうれしいです」

僕の不純な動機は最初から見抜かれていた。

幾原先生は、四十代半ばくらいのとても品が良い感じの男性だった。子《こ》煩悩《ぼんのう》で、小学生になるという息子さんの話をよくしてくれた。落ち着いた雰囲気ながらユーモアのセンスもあり、先輩の言っていた通り教え方も上手く、美術部も悪くはないとすぐに思い直すようになった。

それに、ささやかな喜びもひとつ見つけた。

美術室は北校舎三階の、図書室は南校舎三階のそれぞれ東端に位置していて、部活動中でも窓から中庭を隔てて向かい側の図書室貸し出しカウンターに座っている純香先輩の姿が見えるのだ。

「最初の作品はここから見える図書室の風景画にしますか？」

異様に鋭い幾原先生がそんなことを言ってくるのであわてて否定する。

「それはさすがに、なんていうか、やめときます」

遠くから先輩をじっと観察してスケッチするなんてストーカーみたいで気持ち悪い。

「活動している部員は柚木君だけなので恥ずかしくはないのでは」

「だれも見てないから大丈夫とかそういう問題じゃないと思います……」

「それもそうですね。というより、部員が他にいない方がよほど問題ですね。柚木君、友だちでだれか入ってくれそうな人はいませんかね」

僕は友だちがまるでいないので期待されても困った。かろうじて一人だけ心当たりがあったので、翌日の放課後すぐ、二つ隣の一年五組に行った。椅子《いす》を引く音や鞄《かばん》の開け閉めの音、たくさんの喋り声や足音が聞こえる。教室後ろの戸口からのぞくと、まだほとんどの生徒たちが室内に残っていた。

燈子《とうこ》はすぐに見つかった。窓際《まどぎわ》の席で鞄にノートを詰めているところだった。高校入学を機に髪型をさっぱりしたショートボブに変えた彼女だけれど、付き合いが長いので遠くから後ろ姿をぱっと見ただけでもなんとなく燈子だとわかってしまう。

「啓太《けいた》？　なにしてんの、なんか用？」

向こうも僕を見つけ、素っ気ない口調で訊いてきた。

「あ、うん、ちょっと頼みたいことが……」

僕らはそのまま廊下に出た。並んで歩きながら、昔は燈子の方が背が高かったのにいつの間に追い抜いちゃったんだろう、なんて余計なことを考える。

「美術部？　無理」

話を聞いた燈子は即答した。

「水泳部あるし」

彼女は中学時代から県大会常連の将来有望なスイマーなのだった。

「だいたい啓太はあの図書委員の先輩目当てで美術部に入ったんでしょ。他の部員なんていない方が都合いいんじゃないの？」

ここまであけすけに言われるとあらためて恥ずかしくなってくる。

「いや、先輩は三年生だからもう部活の方は引退してて……あと、部員が足りなくて廃部になりそうなんだって」

「ふうん。それでなんであたしのとこに来るの。他に頼める知り合いいないの？」

いないとわかっているくせに……。

燈子の家は我が家の三軒隣の向かい側、保育園からずっと一緒の腐れ縁だ。僕がいかに友だちがいないかは間近で十数年間見てきている。この高校にも、同じ中学校から進学してきたのは僕と燈子の二人だけ。入学してわずか一ヶ月で、頼み事を気安くできるほどの知り合いができるわけもない。

「燈子が無理なら、うん、がんばってだれか知り合いつくるよ」

「がんばってつくる、とか言ってる時点でだめだと思うけど」

辛辣《しんらつ》だった。まったくもってその通りだけれど。

「もうほんとにだれも心当たりがなくてどうしようもなくなったら、幽霊部員でよければあたしが入ってもいい」

「ありがと……」

僕のお礼を最後まで聞かず、燈子は廊下の向こうに見つけた水泳部員女子に手を振って駆けていってしまった。

肩を落として渡り廊下に足を向ける。

友だちがいないのがそんなに悪いことかよ？　と胸中でぼやく。いないからって別になにも困らないだろうが。

……いや、困ってるな。今まさに。

美術部が潰《つぶ》れても僕自身はそこまで痛手ではないけれど、純香先輩は哀《かな》しむだろうし、できれば人を集めたい。でも、もう声をかけるあてが尽きた。

ため息をつき、渡り廊下を抜けて南校舎に入る。

友だちって、つくるものでもできるものでもなく、気づけばなんとなくいるものなのだろう。そう考えると僕はこの先一生友だちがいないままかもしれない。

あるていど僕と接点を持てば、だれでも気づくのかもしれない。

僕がどんな人間に対しても、手袋をはめてマスクをして分厚いレンズとカバーガラス越しに観察するような視線ばかり向けていることを。

「あ、柚木くん、図書室行くところ？」

声がして、見やると純香先輩が廊下右手奥からこちらに寄ってくるところだった。小《こ》脇《わき》に薄い長方形のなにかを挟むようにして持っている。本かと思ってよく見たらタブレットだった。

「お父さんのお古借りてきたの。司書室のパソコンだと柚木くんの見つけてきてくれたアプリが重すぎて動かないでしょ、これならなんとかなりそう」

「すごい助かります」

先輩の少し後ろを歩いてその背中をちらと見ながら、先ほどの燈子との会話についてまだ考え続ける。先輩への気持ちにしたって、特別にきれいなものを見つけたからなるべく間近でじっくり鑑賞したい、というのに近くて、熱量がない。

こういうのを体質のせいにするのは卑怯《ひきょう》だろうか。

生まれつきなのだからしかたない、と——

僕らが三階への階段にさしかかったときだった。

机二つの天面を合わせて二段重ねにして運んでいる男子生徒の姿が踊り場に現れた。机のせいで視界がふさがれていたのだろう。純香先輩も階段を上りながら僕になにか話しかけようとしてこっちを向いていたせいで、男子生徒に気づかなかった。

踊り場の一段下で、二人がぶつかる。

「わ」

「きゃっ」

声が重なった。

続いて、それを圧《お》し潰すようにして濁った金属音が響く。階下からも小さな悲鳴が聞こえる。僕は身をすくませた。

「……うわあ……ごめん、大丈夫？」

尻餅《しりもち》をついた男子生徒が、机を脇に除けて立ち上がろうとしながら純香先輩に声をかける。先輩もまた階段の隅にへたり込んで青ざめていた。

僕はすぐに先輩に駆け寄る。

「大丈夫ですか、怪我《けが》してませんかっ？」

「……うん、大丈夫……」

腰を持ち上げた先輩は、階段の下の方を見やって「ああっ」と声を引きつらせた。

重ねて運んでいた方の机が、二階の床まで転がり落ちて横倒しになっている。その下敷きになっているのはさっきまで先輩が抱えていたタブレットだ。一年生女子が何人か、遠巻きにそれを見ている。

タブレットはかなりひどい壊れ方をしていた。フレームがぱっと見ではっきりわかるくらいひしゃげているし、画面も割れて破片が飛び散っている。

「あああ……どうしよう……」

先輩は階段をおそるおそる下りていきながら弱り切った声を漏らした。

僕はその後ろ姿を見つめながら、さわさわと血が冷えていくのを感じていた。

体質。

普段からの習性で、ほとんど無意識にスマートフォンを取り出して日時を確認する。

5／1　15：35……。

それから被害状況の再度確認。

純香先輩に怪我はないけれど、タブレットは――修理するより買い換えた方が早いくらいの惨状だ。蔵書管理アプリの導入はこれでだいぶ遅れてしまうだろうし、後始末も面倒そうだし、なにより今日一日先輩が落ち込んだままでいるだろう。先輩を哀しませたくなかった。

振り向いた先輩と目が合う。

瞳《ひとみ》に困惑の色が浮かんでいる。それはそうだ。こんな事故があったのに僕がスマホ片手に平然と見下ろしているのだから。

逡巡する。

これは、――やるべき状況だろう。

目を閉じた。

訝しげに僕の名前を呼ぶ純香先輩の声が聞こえる。でも、僕は無視して闇の中に意識を集中させる。

思い浮かべるのは、ハンドルのイメージだ。潜水艦の厳重なハッチに取り付けられているような太い円環。手を添えると張り付きそうなほど冷たい。

最初はびくともしない。

それでもしっかりと握り、力を込める。

反時計回りに、息を詰めて……やがてぬるりと抵抗が減り、少しずつ、じきに勢いを乗せて、回り始める。

闇の中に弧状の光が差す。

開き……あふれだし、包み込み……それから……


僕は毛布をはねのけて起き上がった。

眼球に粘り着くような暗闇の中だ。口の中がからからに乾いていて、胸が苦しい。頭痛が脳から染み出てきて耳の穴にたまっていくのが感じられる。

呼吸を落ち着け、枕元に伏せてあったスマートフォンを持ち上げる。

時刻は――3：35から3：36に変わるところだった。

五月一日の、未明だ。

戻っている。

スマホを置いてあらためて見回す。

自宅の、自分の寝室だ。机に積み上げられた未読の文庫本の山、その隣のデスクトップPCと無骨な卓上スピーカー、床の上に投げだしっぱなしのシャツと靴下、壁際にうずくまった小さな空気清浄機……。

うん。戻っている。

目が醒《さ》めなければこの頭痛をやり過ごせたのに、と思いながら僕は枕に頭を落として再び毛布を肩まで引っぱりあげ、目を閉じた。

ごつごつした居心地の悪い眠気に意識を委《ゆだ》ねる。

*

時間を遡《さかのぼ》れるようになったのがいつからかは、よく憶《おぼ》えていない。物心ついたときにはすでにできていたような気がする。

幼い頃は、なにが起きているのか――自分がなにをしているのか理解していなかった。外で遊んでいたはずなのに、はっと気がついたらベッドの上で目を醒ましたところだった、という経験が何度もあった。怖い目に遭った直後が多かったので、悪夢の一種なのだと思っていた。たとえば車に轢《ひ》かれそうになったときや、上級生にからまれたとき、親に叱《しか》られたとき……。

じきに、その悪夢の中のできごとが現実でもう一度起きることに気づいた。同じ場所で同じ時刻に同じ人が同じ言動をする。

となると、いやなことを避けられるようになった。

車道に飛び出さないようにする。ぎりぎりの時間に遊び場所を移って上級生と鉢合わせしないようにする。忘れ物をしなくなる。

予知夢、という言葉は、なにかの本で読んで知った。

自分がちょくちょく体験している不思議な現象を、うまく説明できる言葉がすでに存在していると知って僕は少し安心した。

けれどやがて、そんな生やさしいものではないことを思い知らされた。小学校高学年になって、ある程度の夜更《よふ》かしが許されるようになったのが原因だった。

夜中までゲームをしていて、そろそろ寝ようかと思ってニンテンドー３ＤＳの電源を切ったところでセーブしていないことに思い至り、僕は愕然《がくぜん》とした。四時間分くらいのプレイが全部無駄になってしまったのだ。

目の前が比喩《ひゆ》ではなく真っ暗になり――

次の瞬間《目を醒まし》た。

ベッドの上などではなかった。小学校のトイレで手を洗っているところだったのだ。軽いパニックに陥り、シャツをびしょびしょに濡《ぬ》らしてしまい、その後の授業中もしばらく放心状態のままだった。

記憶にあるのとまったく同じ内容を喋る教師の声を聞くともなしに聞きながら、僕は状況を整理し、これまでの経験を掘り起こし、考えを巡らせ、やがて結論に達した。

眠っていたわけじゃない。

夢などではない。

現実に体験したことであり——過去に遡ってまたなぞっているのだ。

そう理解してからは、能動的に試し、検証し、考察することで能力を急速に把握していった。《ハンドルのイメージ》を意識の中で固めることによって確実に能力を行使できるようにもなった。

きっかり十二時間、だった。

意識の中でハンドルを回してハッチを開くことにより、十二時間だけ時の流れを遡ることができる。より正確を期するなら、僕ひとりが記憶を保持したまま、世界を十二時間だけ巻き戻す、というべきだろうか。だから、巻き戻す前と同じことが起きる。僕が言動を変えなければそっくり同じままだ。

*

アラームで目を醒ました。

カーテン越しに陽が差している。朝だ。

まだ頭の芯《しん》に痛みがしびれとなって残っていたけれど、気分はまずまず。

ベッドから下りようとすると、思っていた以上に身体《からだ》が萎《な》えていて床に膝《ひざ》をついてしまった。眠気を噛み殺しながら制服に着替え、一階に下りる。

父はダイニングのテーブルでノートPCのキーボードを叩《たた》いている。僕が「おはよう」と言うと、「できてるぞ」と朝食のパンケーキを目で示した。母は仕事が夜遅くまであったのでまだ寝ているだろう。

代わり映えのしない平日の朝の光景だ。たとえ時間を巻き戻していなくたって同じことの繰り返しに見える。

時間を遡った場合に気をつけている点のひとつは、自分もなるべく記憶にある通りの行動をとることだった。バタフライ効果なんて言葉があるけれど、僕の些《さ》細《さい》な行動変化がまわりにどんな影響を及ぼすかわからない。朝食のコーヒーにミルクを入れないだけで、登校時の電車を一本遅らせるだけで、知っている未来とずれてしまうかもしれないのだ。

だから、いつものように八時ちょうどに家を出た。

改変したい時点にたどり着くまでは、できる限り記憶をなぞらなくちゃいけない。

ほとんど同時に向こうの家から姿を現した燈子と鉢合わせして、図書室に漫画をもっと入れてくれという話をまたしても聞かされながら駅へと一緒に向かわなくてはならないのだけれど、これも避けようとしたらどうなるかわからないので我慢する。

自分の能力を正確に把握して以来、ことあるごとに時刻を確認し、まわりで起きたことをいちいち観察してなるべく記憶に留める、という癖がついてしまった。いつなんどき巻き戻したくなるような事故が襲ってくるかわからないからだ。

そのせいだろうか、なんだか常時カメラのレンズ越しに外界を眺めながら過ごしているような感覚がつきまとうようになった。現実感と僕との間にはいつもぬるりとした薄い膜が挟まっていた。

満員電車でドアに半身を押しつけられながら、乗客たちを眺め渡して思う。

この人たち、ほんとうに自分の意思で動いている人間なのだろうか？

だって、僕が一度見てきたままなのだ。

網棚に鞄をのせようとして指を挟んでしまうお婆さん、シートに身を沈めてスマホゲームに熱中して電車が揺れた弾みに操作ミスをしてパーティ全滅させてしまう若いサラリーマン、部活動の先輩の愚痴を延々言い合っている男子高校生二人組、吊革《つりかわ》をずっと爪《つめ》でかりかり引っ掻《か》きながらうなだれて居眠りしている中年女性。

なにもかも、巻き戻す前に見たのと同じ光景だ。当然といえば当然なのだけれど。

「……啓太？　寝不足？」

すぐ隣の燈子がいきなり訊いてくるので僕はびっくりする。

「え？　いや、うん。……変な時間に一度目が醒めちゃって」

こんな質問は——巻き戻す前にはされなかった。そうか、巻き戻し後の頭痛と吐き気を引きずっているからそうとう機嫌の悪そうな顔をしていて、それで燈子が不審に思って言動が変化したのか。

思えば燈子だけは昔から、巻き戻し後の繰り返し時間中も記憶にない言動をとることがちょくちょくあった。僕のいちばん近くにいて、バタフライの羽ばたきを直接受ける立場だからだろう。

こんな些細なことで、なんだか安心してしまう。なるべく未来を変化させないようにという自分の配慮とはすっかり矛盾しているのだけれど。

学校に着くと、繰り返しの苦痛はいや増す。一度聞いたのとまったく同じ内容を聞かされる授業は、一コマが三時間くらいあるように感じられた。すでに書いたはずのノートをまた書かなければいけない徒労感が、指とまぶたに重たくのしかかってきた。

放課後になった瞬間に教室を飛び出す。

燈子のクラスに寄り道しているひまはなかった。ここからは知っている未来を変えなきゃいけないからだ。

渡り廊下を抜けて南校舎に入る。

しばらく待っていると教室から生徒たちが次々と廊下に出てくる。時刻は15：33。そろそろだ。

純香先輩が廊下の向こうからやってくるのが見えた。

「あ、柚木くん、図書室行くところ？」

僕を見つけて、巻き戻し前とまったく同じ言葉をかけてくる。脇にタブレットを抱えているのも同じだ。

「お父さんのお古借りてきたの。司書室のパソコンだと柚木くんの見つけてきてくれたアプリが重すぎて動かないでしょ、これならなんとかなりそう」

「すごい助かります。見せてもらってもいいですか」

僕は先輩からタブレットを受け取った。

「ていうか裸のままじゃ危ないんじゃ……ケースとかないんですか」

「ケース見当たらなかったの。小さいし、まあいいかと思ってそのまま」

「じゃあ僕が運びますよ」

時間稼ぎだった。ちらと背後の階段を振り返ると、二段重ねの机をよたよたと運ぶ男子生徒の姿がちょうど上の踊り場に見えたところだった。

よし。これで事故を回避できた。

でも、僕が踵《きびす》を返して階段に向かおうとしたときだった。

不快な金属音と女の子の悲鳴が折り重なって聞こえ、僕は思わず身をすくめた。

すぐ目の前——階段口の床に、女子生徒が机の下敷きになって倒れている。額に一筋の血が流れ、床にもぽつぽつとしぶきが散っている。顔をしかめ、机を押しのけて起き上がろうとしているけれど、その腕の動きは弱々しい。そばにいるもう一人の女子生徒が言葉になっていない上ずった声を漏らしながら助け起こそうとする。机を運んでいた例の男子生徒が真っ青な顔で階段を駆け下りてくる。

純香先輩もいち早く我に返って怪我人に駆け寄った。

「大丈夫っ？　頭打ったの？　動かさない方がいい、保健の先生呼んでくるから——」

僕は立ち尽くして見つめていた。

先輩でも、血を流して倒れている被害者でもなく、その傍らでおろおろしている男子生徒のことを、だ。

あいつ——

先輩とぶつからなくても机を落っことす運命だったのか。

そりゃそうか、あんな危ない運び方してたんだもんな。二段重ねで、前がよく見えない横歩きで。

それに、僕が巻き戻して、純香先輩との衝突をなかったことにしたせいで——

机は遮るものもなくまっすぐ転落して、階下にいたあの人にぶつかったのだ。

頭痛が増していく。血が冷えて喉《のど》がこわばる。

僕のせいだ。

だめだった。だめだったんだ。

先輩を引き留めるだけじゃだめだったんだ。もう一度やり直さなきゃ。もう一度。僕はほとんど無意識にまた目を閉じている。ハンドルを手探りする。

ない。

暗闇の中、ハンドルがどこにもない。指は虚空《こくう》を掻くばかりだ。

目を開き、スマートフォンで時刻を確かめる。15:35。まだか。巻き戻したあの時間に、まだ再到着していないのか。早く。あと何秒だ？　早くしてくれ。また目を閉じて闇の中をまさぐる。

やがて、指先が冷たく硬いものに触れる。

つかんで歯を食いしばり、力を込めた。

頭《ず》蓋骨《がいこつ》がめくれ返るのではないかと思うほどの頭痛の中、僕は目を醒ました。

今度は起き上がることすらできなかった。手探りでなんとか枕元のスマホを見つけ、顔の前に持ってきて日時を確認する。

5／1　3：36。……また戻っている。同じ日を、三回目だ。

スマホを投げ出して背中を丸め、毛布に潜り込んだ。

じくじくと痛み続ける頭を抱えながら、考えを巡らせる。

四回目は絶対にごめんだ。放課後になったら急いで南校舎に走って三階に上がって、あの男子生徒が運んでる机をひとつ受け持って一緒に運ぼう。タイミング的にはじゅうぶん間に合うはずだ。それから同じ授業を三回も聞くのはさすがにうんざりなので、読みかけの本を持っていこう。

目を閉じた。

まぶたの裏から耳の穴、喉にかけてを不快感が這《は》い回っていて、眠りはなかなかやってこなかった。

## 2

十代前半の五年間を通して、僕はあれこれ失敗を重ねながら、時間遡行《そこう》能力についての理解を少しずつ深めていった。

中学校に入ってはじめての中間テストで、出来心から《巻き戻し》て三教科で満点をとってしまい、学校じゅうが騒然となったことがある。

教師もクラスメイトも僕を見る目が変わった。

偽物《にせもの》の学力に対して期待をかけられたのが心苦しく、期末テストは巻き戻さずに普通に受けた。

採点結果が出たときの、周囲の露骨な落胆の目は今でも忘れられない。

学校の定期考査だったからまだよかったけれど、これが入試や資格試験だったらと思うとぞっとした。時間を遡って受験の日を何度も繰り返せばどんな難関だろうとパスできるだろうが、分不相応な場所に放り込まれたらその後がつらすぎる。

この力はものすごく便利だけれど、危ない。学力テストに限らず、なるべく使わないようにしよう、と心に決めた。

理由はいくつもある。

まず、単純に疲れる。巻き戻した直後は必ず激しい頭痛と吐き気に襲われるのだ。間を置かずに同じ十二時間を何度も繰り返すときなどは顕著で、一巡ごとに痛みが深化して、しばらく立ち上がれないほどになる。

また、きっかり十二時間戻すことしかできないのも問題だった。短く調整して遡るということができないので、やり直す必要のない時間帯もやり直さなくてはならず、とても面倒くさい。勉強だろうと遊びだろうと、やりとげたものをゼロに戻されて同じことをもう一度やらされるのは精神的にほんとうにつらい。

だから僕は本ばかり読むようになった。保持されるのが記憶だけである以上、巻き戻しと繰り返しの中でも意義を失わない営みというと読書くらいしかない。純香先輩は僕の読書の速さに驚いていたけれど、なんのことはない、普通の人よりも過ごしている時間が多いだけなのである。

何度でも戻れる、という万能性も心の負担だった。

大事故や大災害のたびに鬱《ふさ》いだ気持ちになった。十二時間前に戻って僕が警告や予防に奔走すれば大勢の人を救えるのだ。失敗してもまたやり直して試行錯誤すれば、いつかはベストの結果に導けるだろう。

でも、どれだけ繰り返せばいい？

世の中に起きている悲劇を全部背負い込むのか？

それに、だれかを助けようとして起こした変化が別のだれかに被害を及ぼしていることだってよくあるのだ。

考え始めたらきりがなかったので、ニュースをなるべく目に入れないようにした。

だいたい、なんの代償もなく何度でも巻き戻せるように考えてしまっているけれど、そんな保証は実はどこにもないのだ。気づかないところでなにかが損耗しているのかもしれない。遡るたびに激しくなる頭痛と吐き気は、その兆候じゃないのか？

それに、能力の発揮が絶対安定というわけでもない。《ハンドルを回し》てもいないのに勝手に時間が巻き戻ってしまったことがこれまでに何度かあった。

まだ僕の手に負えない部分があっても全然不思議じゃない。

そして——これがたぶんいちばん大きな理由なのだけれど——いつでも巻き戻してやり直せる、と考えていると、なにもかもが虚《むな》しくなってくるのだ。

いま目に映っているすべては仮の世界。いま自分が選ぶのは仮の行動。いま自分が口にするのは仮の言葉。間違っても、失敗しても、運が悪くても、なかったことにできる。恐ろしいことにその考えは、人生と真正面から向き合えないモラトリアム人間の妄想などではなく、まったくの非の打ち所のない真実だ。

だから、心の中にあるハンドルについては普段なるべく忘れるように努めた。

できる限り普通に生活して、普通にしくじって、普通に後悔する。

それでも、僕は意志が弱いので、つい巻き戻してしまう。

今後に大きく響くような面倒が起きたとき。あるいは見過ごすと寝覚めが悪いような事故が目の前で起きたとき。つい目を閉じてハンドルを手探りしてしまう。

人助けをしたいわけじゃない。ただ自責の念を抱え込むのがいやなだけだ。現実を直視したくないから、現実の方をねじ曲げているに過ぎない。

癖になってしまっている。良くない。このままだと、ちょっと嫌なことがあるだけで時間を巻き戻すようになる。なにかが停滞して淀《よど》んでしまう気がする。

そういう意味では、十二時間前までしか戻れない、という制約はある種の救いでもあった。いったん遡行すると、そこから十二時間が経過して元のタイミングにたどり着くまで、心の中のハンドルが消えてしまって回せなくなるのだ。巻き戻した先からさらに巻き戻して、ということができない。

もしできていたとしたら、僕はたぶんなにかのきっかけで目の前のなにもかもに嫌気が差して、赤ん坊に戻るまでハンドルを回し続けただろう。人生をやり直せばもっとましな自分にたどり着けるはずだ、と考えて。そして今の僕とだいたい似たり寄ったりの十五歳に再び至って、代わり映えしないこと自体に絶望してまた心のハンドルに手をかけるだろう。想像するだけでうんざりしてくる。

もう少し即物的で下世話な危惧《きぐ》もあった。

この能力は実に簡単に大金を稼げる。投機でもギャンブルでも必勝だ。

となると、人生において努力する理由の大半が失われる。

かといって、二十歳になった瞬間に競馬場に走るのを自制する理由も意思もない。だれに迷惑をかけるわけでもないのだ（強いて言うなら、僕と同じ馬券を買った人たちは不当にオッズが下がった分ほんの少しだけ損をすることになるが）。

だから、ましな自分なんてどのみちあり得ない。僕はやがて確実に、時間を戻す以外になにも能がない無気力なおとなになる。ほんとうの意味で現実と関わり合うすべを知らないままに。なによりも怖いのは、その未来をあまり怖いと思えないことだった。変な話だけれど。

＊

高校の図書室には、ちゃんと司書の先生がいた。

堀川麻友《まゆ》という二十代の女性で、司書教諭、つまり教員免許も持っている常勤の教員だ。若いせいか、僕ら生徒ともざっくばらんに色々お喋りをする人だった。

「久米沢さん、司書になりたいの？」

放課後、三人で司書室にいるときに堀川先生が純香先輩にそう話を振った。

「考えてはいます。本に関わる仕事がしたいな、って」

先輩はカバー掛けの手を止めないまま答えた。

「それなら他にも色々あるね。出版社でも書店員でも。司書はあんまり薦めないかな」

「なんでですか」と僕はコードシール貼りをしながら脇から訊《たず》ねた。「学校の司書、楽そうですけど。先生を見てると」

僕と純香先輩にだけ働かせて自分はのんびりコーヒーを飲んでいるのだ。でも僕の言葉に先生は額を突っついてくる。

「楽なわけないでしょ。あのね、そういうこと言ってると世の中をなめたままおとなになっちゃうよ」

僕が世の中をなめたままおとなになるのは確定的だったが、それはさておき。

「私は普通に教員やってて司書の仕事はプラスアルファなの。それでいて給料は別に割り増しされるわけでもないし。だから司書室に来たらコーヒー一杯分くらいの休憩はさせてくれないかな」

それもう三杯目ではなかったか。指摘しないでおくけれど。

「司書だけやるわけにはいかないんですか」と僕は無知な質問を重ねる。

「学校司書ってのもあるよ。司書教諭とちがって、図書室業務だけやる事務員。でも給料は安いよ。何校か掛け持ちしてようやく食べてけるくらい。あとは図書館司書もやっぱり安いって聞くね。日本じゃ司書の仕事が軽く見られてるってことだよねえ」

夢のない話だった。先生は四杯目のコーヒーをポットから注いで続ける。

「それでもどうしてもっていうなら、私みたいに教員免許とって司書教諭がまあ一番ましかな。久米沢さんみたいな当たりの図書委員を引ければ楽できるしね」

「楽してるんじゃないですか」

さっき怒ったのはなんだったんだよ？

「久米沢さんが卒業しても柚木君が引き継いでくれるから安心だね」

え？　先輩が卒業したら司書室に来る意味なんてないから委員やめますよ？

……と先輩の目の前で正直に言うわけにもいかないので僕は黙っていた。手間のかからない蔵書管理システムを早く構築して、できれば後任も見つけて、逃げ出す準備を人知れず整えておかなくては。

司書室は、広い図書室の隅の一角をガラス壁で囲った空間なので、中で作業していても図書室を見渡すことができる。だから入り口の前に現れた人影にも純香先輩がすぐに気づいた。立ち上がってドアを開く。

「はーい。貸し出しですか？」

先輩の肩越しに見やった僕は驚いた。燈子だったのだ。

「啓太に言われて、本のラベル貼《は》りを手伝いにきたんですけど」

燈子は僕の方をちらと見て言った。先輩は「えっ？」と僕を振り返る。

「柚木くんの友だち？　勧誘してくれてたの？」

「え、いや……」

図書委員の一年生が僕だけになってしまった、という話はした気がするが、手伝いを頼んだ憶えはなかった。

「図書委員会に入ってくれるってこと？　うれしいなあ」

純香先輩は目を輝かせるが、燈子はにべもなく首を振った。

「入るわけじゃないです。プール開きまで基礎トレばっかりで暇だからちょっと手伝おうかなって思っただけです」

「そうなの？　でもありがとう。おやつも食べてってね」

先輩は司書室奥の戸棚のところに行って燈子の分のグラスを取り出す。司書室に踏み込んできた燈子を僕はまじまじと見つめてつぶやく。

「なんで手伝おうなんて……」

「人手不足って言ってたでしょ」

人手不足だから純香先輩と二人だけになれることが多い、という意味なのだけれど、今ここではっきり言うのも恥ずかしい。本人がいるのだし。

「漫画もっと入れてって言ってるのに入れてくれないし。仕事手伝ったらついでに要望聞いてくれるかと思って」

「なんつう不純な」と僕は自分を完全に棚に上げてぼやいた。

「邪魔だった？」

燈子が眉根《まゆね》を寄せて不機嫌そうに訊《き》いてくる。

「いや、そんなことないけど。助かる」

いずれにせよ今日は堀川先生がいるので先輩と二人きりにはなれず、もう一人増えても同じことだった。燈子なら昔から知ってるやつだから気詰まりにもならないし。

ラベル貼りは難しい作業ではない。すでに印刷してあるカラーラベルをスマホで読み取って書名と実際の本を照合確認し、背表紙に透明テープで留めるだけだ。燈子もすぐにやり方を憶えた。なにごとにも器用なやつなので僕よりもペースが早い。興味深げに本をパラ読みする余裕まである。

「『地縛霊と不動産』……『ジブリから学ぶ戦争史』……『自暴自棄ホットヨガ』……。こんなに色々変な本があったんだ」と燈子はつぶやく。

「そのへん全然借りてもらえないねえ。けっこう面白いのに」と先生。「やっぱり小説と参考書に人気が集中しちゃう」

「燈子ちゃんはどういう本が好きなの？」

純香先輩が期待の目で大テーブルの反対側から訊ねる。先ほどが初対面だったのにすでに下の名前で呼んでいるあたり、この人はほんとうに距離を詰めるのが早い。

燈子もべつに不快には思っていないようで、ふだん僕と喋《しゃべ》るのと変わらない感じで先輩に答える。

「あたし本は全然読まないです。漫画だけ」

「漫画も本だから！　どういうの読むの？」と先輩はさらにぐいぐい行く。

二人は少女漫画の話でひとしきり盛り上がった。燈子が初対面の相手とこんなにも気安く趣味の話をするところなんてはじめて見た。僕はといえば少女漫画に疎《うと》いのでまったく話に入れなかった。二人が川原泉の話をしているのを横で聞いていて、自分が竹本泉と勘違いしていることにしばらく気づかなかったくらいだ。知ったかぶりで口を挟んだら大恥をかくところだった。

「私が勝手に決めていいなら漫画も入れるけど」と堀川先生は肩をすくめる。「金出すのは私じゃないからね。難しいかな」

「司書も図書委員もあんまり権力ないんだ。残念」

さして残念でもなさそうに燈子は言って作業を続ける。

「どんな購入リクエストも必ず通せるっていうなら、お給料が安くても絶対に司書を目指すんだけど……」と純香先輩がくすくす笑う。

「それはもう自分で図書館つくるしかないね」と先生。

「最高ですね！　カフェテラスもつくって、お客さんにお茶とお菓子を出してのんびり読んでもらって」

「そんなことさせてくれる大金持ち、どこかにいたらいいねえ」

先輩と先生の夢見がちな会話を聞きながら、僕はぼんやり考える。

木々に囲まれたシックな洋館。部屋の壁も廊下の壁も、階段下の空間さえも書架が設《しつら》えられていて色とりどりの背表紙で埋め尽くされている。館内の照明は紙の劣化を防ぐために月光ほどにささやかなランプだけで、唯一《ゆいいつ》明るいラウンジにはいつもコーヒーの香りが漂っていて、聞こえるのはときおりの雉鳩《きじばと》の啼《な》き声だけ……。

「……いいですね。がんばってお金貯めて建てようかな。完全に趣味の図書館なら、べつに利用者増やすための企画とかがんばらなくてもいいわけだし」

ほとんど独り言のようにつぶやいた。

半ば本気だった。週一日くらい競馬かデイトレードで稼ぎ、残る時間のすべては図書館に入り浸って本集めと蔵書の整理と読書に費やす。

まともに働いている人間なら聞いただけで激怒する人生設計だろうけれど、僕にはできてしまうのだ。もっとろくでもない選択肢がいくらでも考えつく中で、私設図書館のオーナーというのは悪くない。

もちろん冗談だと思ったのだろう、堀川先生はけらけら笑いながら言った。

「そのときは私も雇ってね。給料は今と同じでいいから」

純香先輩も乗っかってくる。

「柚木図書館！　入れてほしい本がいっぱいあるの。『金枝篇』の簡約じゃないやつ全部そろえてほしいな、一冊一万円とかするんだよ、まだ全巻出てないんだけど——」

「先輩のリクエストなら全部そろえます。さすがにだれも来てくれないとさみしいし」

しかし燈子は冷ややかに言った。

「啓太はさぼれるならいくらでもさぼるから、そのうち啓太自身が図書館に来なくなるんじゃないの」

ありそうな話だった。

「じゃあ図書館に住むよ……」

「わたしも住みたい！」と先輩は声を弾ませた。それを聞いて僕は頭の中ですでに図書館の図面を引き始めていた。

＊

燈子は美術部にも姿を現した。

「幽霊部員でもいいって言ってたでしょ」

　目を丸くしている僕を押しのけて美術室に入ってくる。

「ふうん。ほんとに啓太しかいないんだ」

　並んだ大机、画板や資料本がぎっしり詰め込まれた壁際の棚、その上の石膏《せっこう》製の胸像、天井近くにずらりと掲示された昨年度の卒業制作の絵……。雑然とした部屋だが、人の気配はない。机をひとつどけてつくった窓際のスペースに、僕のイーゼルがぽつんと置かれている。

「どんなの描いてんの」

　止める間もなく燈子はイーゼルの向こう側にひらりと走っていった。カンバスをのぞき込んで眉根を寄せる。

「真っ白じゃん」

「いや、これは気分を出すためっていって先生が置いたんだよ。ずっと素描の練習だけしてた。まだなに描くか決めてないし」

　燈子はまっさらな布地と僕の顔とを二度見比べた後で素っ気なく言った。

「啓太って一生なに描くか決めずに練習だけしておじいちゃんになりそうだよね」

　唐突になんだその人物評は？　当たってそうなところまで含めてほんとうに腹が立つのだけれど。

さらに辛辣な言葉が続きそうなところで幾原先生が美術室に戻ってきた。

「おや、見学ですか」

燈子は先生に入部届を差し出す。先生は眼鏡の奥の目を見開き、相好を崩した。

「新入部員ですか！　ありがたいです、ひょっとして柚木君のお友だちですか？　ほんとうに連れてきてくれたんですか」

「幽霊部員ですけど」

顧問の教師に対して堂々と言うことではない気がしたが、後々問題がこじれないようにさっさとはっきりさせておいた方が得策かもしれない、と思い直す。

「来週プール開きなんでそしたら来なくなります」

はっきりさせすぎでは……？

「そうですか、いや、それでも入ってくれるだけありがたいです。一週間しかないとなると、なにをしましょうか。スケッチだけで終わっちゃうのも」

「あたし絵は全然だめなので」

なにしにきたんだよ、と言いそうになる。

「木彫りはどうでしょう。私は実は彫刻の方が専門なんですよね」

そう言って幾原先生は美術室の黒板脇のドアの鍵《かぎ》を開く。

中の準備室は美術室以上の散らかりっぷりだ。先生の作品だという可愛《かわい》らしい木彫りの鳩やイルカがラックの最上段に並んでいる。どれも見事なものだ。

　一抱えほどもあるケースに整列した数十本の彫刻刀も見せてもらった。達筆すぎて読めない金文字の銘が柄に入れられた、いかにも高級そうな一式だった。使い込まれ、きちんと研いである。

　新入部員へのサービスなのか、幾原先生はその場で小さな木片をささっと彫って魚の形にしてみせてくれた。ほんの五分にしては大した出来映えで、僕ははじめて幾原先生に対して尊敬の念をおぼえた。

「とくにレリーフでしたらかなり深く教えられますよ。こう見えても依頼を受けて制作したり美術館に出展したりもしているんですよね」

　先生の口調は、自慢というよりはとにかく自分の得意分野に興味を持ってほしいという切実さが含まれていた。

　でも燈子はさほど感銘を受けなかったようで、「彫刻はちょっと怪我が怖いし」と無愛想に言う。ほんとになにしにきたんだよ？

「絵も彫刻もいやだってんならもうモデルでもやるしかないんじゃないの」

　軽口のつもりで言ってみた。

「いいですね！」と幾原先生。「柚木君も実際の人物画はまだやったことないですし」

「まあ、モデルなら」と燈子。

「いや、あの、てきとうに言った僕も悪かったけど、モデルって軽い気持ちでできるもんじゃないでしょ？　燈子飽きっぽいし」

「筋トレしながらでいい？」

「モデルは動いちゃだめだろ！」

「プランクとか空気椅子《いす》とか動かないやつもいくらでもあるけど」

そんな変なポーズで踏ん張ってるところを題材にしたくない。だいたいモデルって長時間同じ姿勢を維持するんだぞ？　筋肉に負荷かけたら絶対無理だろ。

けっきょく普通に椅子に腰掛けた姿勢でやってもらうことになった。制服姿のままである、念のため。

幾原先生もスケッチブックを持ってきて、燈子を真横——三時の方向から見る位置に陣取る。

「モデルをやるのははじめてですか？　いや、それにしてはすごく姿勢がいい。水泳選手だからでしょうかね？　全体のバランスというか、筋肉と骨の流れというか」

先生はわかるようなわからないようなことを言いながら手をひっきりなしに動かしていた。彼の声の隙間《すきま》に、鉛筆の芯が身を削るときの乾いた心地よい音が響いた。

僕は燈子のだいたい十時半くらいの方角に位置していて、左斜め前を向いたいちばん描きやすい角度だったのだけれど、うまく手が動かせなかった。僕はそのときまで彼女をこんなにもまじまじと見つめたことがなかったのだ。

　いつの間にこんなにおとなっぽい体つきに成長したんだろう、と思った。

僕の知っている燈子は奔放で儚《はかな》くて鋭角的で、エネルギーの使いどころがわからずにしじゅうあたりに発散させている幼い少女だったはずなのに、いま目の前で椅子に浅く腰掛けて足を組んでプールの底の白線をたどるような視線を虚空に留めている彼女は、そういった曖昧《あいまい》さをみんな脱ぎ捨てて、代わりに張り詰めた柔らかさとでも呼ぶべき不思議なものをまとっていた。

　ずっと同じ姿勢を維持するというのは想像以上に疲れるものらしく、十分ごとに休憩しましょうと幾原先生は言う。

　すると燈子は身体をほぐしがてら僕のスケッチブックを見にくる。

　初回こそ「構図を考えていた」とかなんとか言い訳してごまかしたけれど、いつまでも真っ白なわけにはいかないので、僕はなんとか指を動かす。こちらからはじろじろ見ているのに視線が合うことはない、という状況がもどかしく、腹の底がなんだかくすぐったかった。

　一時間後、僕のデッサンを眺めた幾原先生は満足そうにうなずいた。

「すごくいいじゃないですか。これを仕上げて文化祭に出すのはどうですか」

「え……いや、はあ……そうですかね……」

「文化祭？」と、隣からページをのぞき込んできた燈子が訊ねる。

「まだ半年も先ですけど、油絵ってのは時間がかかりますからね。これから夏ですけど、気温が高くなると絵の具の乾燥が速いのでどんどん描きたいときにはうってつけです。このスケッチをもとにして下絵《エスキース》をじっくり練ってそれからカンバスにトレースするのがいいでしょうかね。背景はこのままの部屋でもいいですけれどももし柚木君がやりたいイメージを持っているなら――」

やると言ったわけでもないのに、先生はその後もたたみかけるようにして号数がどうの下塗りがどうのと熱く喋り続けた。

「油絵って毎日こつこつ少しずつやるんでしょ。啓太にできるの？」

疑わしげに燈子が訊いてきた。僕はむきになって言い返した。

「半年だろ。一枚くらい描けるよ」

＊

しかし燈子の言った通り、着手できないまま五月がだらだら過ぎていった。まず、美術部に行く気があまり起きないのだ。司書室の方が純香先輩と一緒にいられる。

先輩が最高に素敵な表情をみせてくれるのは、目当ての本が入ったときだった。

「柚木くん！　見て、『はてしない物語』やっと入れてもらえたの！」

　五月上旬のある日、放課後になって司書室に顔を出すと、待ちかねていた様子で純香先輩が立ち上がった。

「ほら、ちゃんとハードカバー！」

　ケースからあかがね色の布張りの本を自慢げに引っぱりだして見せてくる。

「ああ、これはやっぱりハードカバーじゃないとだめですよね」

「そう！　そうなの！」

　純香先輩はぴょんぴょん跳び上がる。好きな本の話をしているときのこの人はしぐさがやけに幼くなるのだ。今も司書室には他にだれもいないので、これはひょっとして僕しか知らない貌《かお》ではないだろうかとうれしくなってくる。

「堀川先生が文庫なら買えるよってしょっちゅう言ってくるんだけど、ぜったいハードカバーって言い張って！　やっとだよ二年越しだよ！」

　僕が『はてしない物語』をはじめて読んだのは小学四年生のときだった。主人公が手に入れた本をこっそり読んでいると、自分が本を読んでいるまさにその場面が物語の中に出てくる——という展開に差しかかったとき、僕自身が手にしているあかがね色の布張りの本がほんとうにその本なのだと気づき、世界中がまるごとちがう色彩で塗り直されてしまったかのような衝撃を受けた。

高校生になった今なら、あのときの感覚に名前をつけることができる。

あれこそファンタジーと呼ぶものなのだ。

「これ読むからにはあの場面で、話の中に呑《の》み込まれてくみたいな感覚をちゃんと味わってほしいですよね」

僕は表紙の、透かし彫りのようになった二匹の蛇を指でたどった。蛇はお互いの尾を噛《か》んで円環をつくり、タイトルを囲んでいる。ぐるっと回って元の場所に戻ってくる。いつまでも回り続ける。

「あと文庫だとたしか上下巻ですよね。二冊に分かれてるとそれだけで気分が出ない。文庫で出すの禁止にしちゃえばいいのに」

「うわ、柚木くん過激派。わたしもそこまでは思わないよ」と先輩は笑った。「でも、そうだね。たとえ世界中の本が文庫落ちしてもこの本だけはハードカバーで刷り続けてほしい」

世界中の本が文庫落ち、って人生ではじめて聞く表現だった。

「でも、先輩、これって」心苦しかったけれど、言っておかなければ。「図書室に入れるならコーティングしなきゃいけないわけですよね」

「あ……」

先輩は青ざめた。

それでも意を決して、真新しいブックコートフィルムを一枚手元に引き寄せ、本を載せて大きさを測り、鋏《はさみ》で切るところまでは作業を進めた。

台紙の端から少しだけフィルムを剥《は》がし、糊《のり》の塗られた面をあかがね色の布張りの表紙にあてようとしたところで、先輩の手はこわばって硬直する。

「……う、うう……」

泣きそうになっているのであわてて横から止めた。

「あのっ、そこまで嫌なら」

「ごめん、こんなきれいな表紙……フィルム貼るなんてできないよ……手触りも大切なんだし……。でも蔵書だし、コードシールも貼らなきゃだし……」

僕は必死に頭を絞り、思いつきを口にした。

「フィルムもシールもケースに貼りましょう。ほら、どうせこれケースなしだと背表紙のタイトルが読みづらいですし」

まだ涙ぐんでいる先輩に代わって手早く作業を済ませた。先輩は涙を引っ込めてぱあっと顔を明るくした。

「ありがとう柚木くん、ファンタージエンを守ってくれて」

いやそんな大したことはしていませんが。あとこれ、ケースだけ失《な》くされたりするので、図書室の蔵書管理としてはあまり勧められたやり方ではない。先輩の笑顔の方が大事だから堅いことは言わないけれど。

先輩は肩を落として『はてしない物語』の表紙をなでながらつぶやく。

「やっぱり保存するなら文庫本の方が便利だね。文庫ってもともとそういう意味だし」

「保存のことだけ考えたら電子書籍がいちばんって話になっちゃいますけど」

僕が言うと先輩は唇をすぼめる。

「電子か。ううん。『はてしない物語』、電子書籍でも出てるみたいだけど、やっぱり紙の本で読んでほしいな」

「先輩、電書ぜんぜん使わないですよね。僕は……漫画だとけっこうスマホで読んじゃうんですけど」

「うん。紙の本が好き。あと本棚がばーっと並んでるのがとにかく好き」

先輩は『はてしない物語』をケースにゆっくりしまいながら答える。

「調べ物とかもね、ネットで済ませる方が早いってわかってても、本屋とか図書館とか行っちゃう」

あ、僕はそこまでではないな……。調べ物はスマホでちゃちゃっと検索だ。でもここでポイント稼ぎのために先輩に同意するのもみっともないので黙っておく。

「あと、紙の本じゃないと人に貸したりプレゼントしたりできないのが残念なの」

「ああ、それはちょっとわかります」

といっても僕が本を貸そうと思った相手なんて燈子しかいなくて、漫画しか読まないあいつは僕のおすすめなんて一切無視だったのだけれど。

「子供ができたらぜったいに『はてしない物語』を買ってあげるの！」

先輩はその日いちばんの笑顔で、ケース入りの本をぎゅうっと胸に押しつけた。傍で見ている僕としても幸せだった。

「女の子だったらね、『月子』っていう名前つけて、この本を読んだときにどういう反応するのか見てみたい。柚木くんはこの名前どう思う？　ちがう名前がいい？」

僕はどきどきした。本の話をしているときの純香先輩の距離感がおかしくなるのは毎度のことだったけれど、それにしても二人きりのときに子供の名付け相談なんて、心臓に悪いからほどほどにしてほしかった。

だから司書室の外に人影が差したのに気づいて、安堵《あんど》半分、残念な気持ちがもう半分だった。

しかし、来訪者が燈子だったのでびっくりする。

「手伝うことある？」

司書室に入ってきて言う。

「来なくなるんじゃなかったの……？」

「プール開きになったら、って言ったでしょ」

プール開きまではしょっちゅう来る、という意味だったのか？　そんなに暇なのか。

「迷惑？」と燈子は眉をひそめる。

「いや、そんな、ありがたいけど」

「燈子ちゃん、また来てくれたんだ」と純香先輩はうれしそうに椅子とお茶のペットボトルをもうひとつ用意する。

　二人は蔵書のシール貼り替え作業を進めながら、僕を蚊帳《かや》の外に置いておしゃべりで盛り上がる。いや、蚊帳の外というのは正確ではないか。話題が僕のことばかりだったからだ。虫籠《むしかご》の中とでもいうべきか。

「そんなに昔から柚木くんといっしょだったんだ」

「はい。保育園から、小中高とずっと。もう顔も見飽きました」

「高校はべつのとこにすればよかっただけだろ」と僕は脇《わき》から文句を言った。「もっと水泳部が強いとこに行けばよかったのに」

　燈子はむっとして、そっぽを向いてしまう。

「べつにいいでしょ。水泳のためだけに学校来てるんじゃないんだし」

「それもそうだけど」

「啓太だってもうちょっと簡単なところにすればよかったのに。背伸びしないで」

「受かったんだからいいじゃないか……」

「啓太が受けるっていうからそんなに難しくないのかと思って願書出したら、けっこう偏差値高くてびっくりしたんだから」

なんでそれを僕が悪いみたいに言うんだ。というか燈子はそれで難なく合格しているので僕の立つ瀬がないのだけれど。まずい、このまま燈子に喋らせていたら、僕が実はそんなに頭が良くないことを先輩にどんどん知られてしまう。

「燈子ちゃん、柚木くんに合わせて志望校決めたの」

「合わせたんじゃないです」と燈子はむくれる。「物差しにしただけです」

「なんにしろ二人ともうちを受けてくれてよかった」と先輩は満面の笑み。「今年も図書委員会はさみしいままかなって覚悟してたから」

僕としても、ちょっと無理してでもこの高校を選んでほんとうによかった、と思う。純香先輩に逢《あ》えた。

作業が一段落したところで純香先輩が言った。

「そうだ燈子ちゃん、小説ぜんぜん読まないって言ってたけど」

「はい。すみません」

「ううん、悪いことじゃないんだけど、これ！」

先輩は目をきらきらさせて『はてしない物語』を差し出した。

「読んでみない？　今日入ったばっかりなの、燈子ちゃんに最初に借りてほしい。絶対面白いから！　一応児童文学なんだけど内容濃いし、かといって難しくないし堅くないし読みやすいし」

先輩の熱弁に圧《お》されて、燈子はフィルムコーティングされたばかりのケースに入ったその分厚い本を受け取った。

「……わかりました。読んでみます」

エンデは題材が児童向けなだけで文章は一般向け小説と変わらないので、これまで僕があの手この手で読みやすい小説を何十冊とすすめてきたのに見向きもしなかった燈子には一章読むのも無理だろうな、とひそかに思った。

ところが三日後、燈子は図書室にやってきて、貸し出しカウンターに座っていた純香先輩に『はてしない物語』を差し出した。

「面白かったです。一気に読んじゃいました」

司書室で聞いていた僕はびっくりした。

「よかった！　楽しんでくれなかったらどうしようってずっと心配だったの」

「竜が可愛くて。あと肥《ふと》ってる主人公がお話の中で自分を美少年に変えちゃうのとか、すごいわかるって感じで」

「わたし最後の絵を掘り出すとこがすごく好きで――」

　そこで先輩は図書室で騒いではいけないことにはっと気づき、燈子を司書室に招き入れて楽しそうに本の話の続きを始めた。

　読んだのかよ！　僕のこれまでの苦労はいったいなんだったんだ！　と思ったけれど、僕は黙って二人の会話を聞いていた。

＊

　五月半ばの中間テストが終わると、五月二十日からプール開きとなり、燈子は宣言通り図書室にも美術室にもまったく姿を見せなくなった。

　我が校の水泳部は大したことがないので温水プールなんて気の利《き》いたものもなく、夏の間しか泳げない。プールが使える間はみっちり朝練があるので僕よりずっと早い電車に乗ることになったらしく、丸一日顔を合わせないこともしばしばだった。

　たまに見かけると、日焼けのせいで別人みたいでどきりとさせられた。

　真っ黒になった燈子なんて昔から夏が来るたびに見ていたはずなのに、今年はデッサンのときに日焼け前の姿を詳細に観察していたからか、変わりようがやけに印象に残るのだ。

そんな燈子を見かけると、やはりあの絵を彩色せずに放っておくのは申し訳ない気がしてきて、美術部にもちょくちょく顔を出すようにした。

といっても、放課後の美術室はたいてい僕ひとりだ。

燈子を写したスケッチに、紙を継ぎ足して周囲の背景を描き加え、全体の構図を整える。この段階はなかなか楽しく、すんなり進んだ。燈子というとやはり水のイメージなので、水族館だか教室だかよくわからない幻想的な感じで、水中みたいに光を入れて、魚が宙を泳いでいたりして……。

けれど一通り下絵ができあがってしまうと、その先に進む気になれず、僕は美術室にも本を持ち込んで真っ白なカンバスの前で読書するようになってしまった。

構想は、大部分が頭の中ですることだから、まだいいのだ。

実際に色をのせていくとなれば、それは「作業」だ。地道な積み重ねだし、もしなにか不測の事態が起きて《巻き戻し》たときにはその日の分が丸ごと無駄になってしまう。そう考えるとカンバスに向かう気が起きなかった。

これじゃ完全に燈子が指摘していた通りだ。

幾原先生が美術室にいるときにはさすがに申し訳ないので本を鞄《かばん》にしまって絵筆を握る。でも描くのは絵の具に慣れるための習作ばかりだ。

引退済みの純香先輩は、それでもたまに美術部に来てくれた。

　放課後、僕が美術室に行くと、準備室のドアの向こうから会話が聞こえ、少ししてから「あ、柚木くん！」と先輩が顔を出した。三年生は選択授業が増えて曜日によってはかなり早めに放課になることもあるので、幾原先生とお喋りしながら時間を潰《つぶ》していたのだろう。

「幾原先生に聞いたんだけど、燈子ちゃんモデルの絵を文化祭に出すんだって？」

　いつの間にか決定事項みたいになっている。

「見せてもらってもいい？」

「え、あ、いや、人物画はまだで……練習で果物とかを」

　僕は小さなパネルに描いた林檎《りんご》や苺《いちご》を何枚か先輩に見せた。

「うわあ、柚木くん上手《うま》すぎない？　ほんとに油絵未経験？」

「入部したての頃の久米沢さんとは比べものにならないですよね」と幾原先生。

「初心者はあれくらいが普通です！　柚木くんがおかしいの！」と先輩は半ば笑いながら半ば焦《あせ》り顔で言い返した。

「あの頃の習作、まだとってありますけど比較のために出してきましょうか」

「だめ！　恥ずかしいです！」

「たしか私が最初の講評のときに『渋い色合いの茄子《なす》ですね』と言ったら久米沢さんが泣きそうな顔になって『揚羽蝶《あげはちょう》です』と――」

「もうやめてください先生！」

過疎部で二年間ずっと一緒だっただけあって、息の合った弄《いじ》り弄られだった。先生がうらやましい。

「もうわたしは部員じゃないんだから。今は柚木くんの絵の話でしょう」

話を戻されてしまった。

しかも先輩は僕の下絵を見てますます熱が入る。

「これ燈子ちゃん？　海がモチーフなのかな、すごく良い雰囲気になりそう！　もう描き始めてるの？」

「いえ、まだ……ええ、その、そろそろ……」

「夏休みに入ってしまうと私が細かく見てあげられなくなりますから、できればそれまでに大まかなところができているといいですね」と先生が言うので、純香先輩もすっかり僕が描くつもりみたいな認識になってしまったようだ。

「たまに見に来ていい？　楽しみ」

こんなことを言われたら着手しないわけにはいかなくなるじゃないか。

しかたなく、翌日の放課後、美術室にやってきた僕は新聞紙を床に広げてカンバスを真ん中に置いた。

夏休みに入るまでというと、今日は五月二十一日だから、きっかりあと二ヶ月か。

進められる自信はまるでなかったけれど、小鉢にテレピン油をどぼどぼ注いだ。

揮発性油の強烈な――いわゆるシンナー臭がするのだけれど、僕はこのにおいが嫌いじゃない。肌を突き刺す酩酊感《めいていかん》は、醒《さ》めそうで醒めない夢の際《きわ》がずっと続いているみたいに思える。

油に筆を浸し、パレットから青の絵の具をごく薄くすくいとる。

カンバスには、下絵から写し取った大まかな線が木炭で引いてある。まずは全体を透明感のある青で下塗りして――なんかもうこの段階ですでにイメージとちがうので黒と緑で大雑把に陰影まで入れてみたりして……

『私は絵の制作工程の中で下塗りがいちばん苦手なんですよね』

幾原先生は以前そう言っていた。

『スケッチは目の前の美しい素材を写し取る楽しみがあります。下絵《エスキース》もどんな絵にしようかと期待をいっぱいに詰め込めます。色を重ねていく段階になればイメージが形になっていく達成感の連続です。でも下塗りは、真っ白な虚無と筆一本で向かい合わなければいけない瞬間なんです。なにも喜びのない、息を詰めて突き破るしかない壁です』

この言葉を聞いたときには、なにを大げさな、絵の雰囲気に合うてきとうな透明色で全体をざっと塗るだけだろ？　と思っていたけれど、実際にこの規模のカンバスを塗り始めてみると実感できた。地図もコンパスもなしに砂漠に放り出された気分だ。

なんとか納得できる下塗りができ、乾かしながら遠くから眺めてみる。

やっぱりなにか足りない。いや、まだ下塗りだけなのだから足りないのは当たり前なのだけれど。

乾くのを待つ間、美術室の棚に並んでいる写真集を眺めて参考になりそうな海の景色を探す。

どれもぴんとこない。

水って動くものだから、静止した写真だとどうしても広がりに限界がある。

準備室にはもっとたくさん資料があるだろうか、と僕はドアを見やる。ついでに、幾原先生がこの間僕と一緒にスケッチした燈子の絵も見たくなってきた。なにか参考になるかもしれない。

でも先生はいま不在だ。勝手に入っちゃまずいか。

準備室のドアに足を向け、立ち止まり、逡巡《しゅんじゅん》する。

ずっとずっと後になって——僕はこのときのことを思い返す。

もしこのとき、準備室に無断で立ち入って先生のスケッチブックを見ていたら、どうなっていただろう。僕の十五歳の夏を塗りつぶしたあの事件も、もう少しちがう形になっていただろうか。

わからない。早いか遅いかのちがいしかなかったかもしれない。

ともかく、このときの僕は常識的な考えで準備室への踏み込みを断念した。代わりに窓の方を見やって別の案を思いつく。

実物を見てみよう。すぐそこに学校のプールがあるわけだし。

美術室を出て階段を下りる。

校舎裏の日陰は、黴《かび》と塩素と草いきれの混じったにおいがした。校舎の影でくっきりと切り取られた陽射《ひざ》しが地面や塀を灼《や》き、植え込みのつつじの葉を目に痛いほど鮮やかに萌《も》え立たせている。

もうすぐ夏だ。あまり好きではない季節。

肌にまとわりついていたテレピン油臭が、汗でにじんで膜をつくる。

校舎の角を回るとプールが見えてくる。更衣室の出入り口に人だかりができている。養護教諭が駆け込んでいくところだったので僕はぞっとした。

なにかあったのか？

「……頭打ったの？」

「飛び込みで」

「女子？」

そんな話し声が生徒たちの間から聞こえ、僕は足を速めた。水泳部の活動中？　ひょっとして燈子が？

遠くから救急車のサイレンの音が聞こえた。

僕の意識はそこでぶっつり途切れた。


光にまぶたを刺され、目を醒ました。

毛布を口元まで引っぱり上げ、眠気を舌の裏で転がしながらまた目を閉じた。

なんだっけ……変な夢……だったような……

飛び起きる。

枕元のスマートフォンをひったくるように拾い上げて日時をたしかめる。

5／21　7：00。

夢じゃない。《巻き戻》ったのだ。でも、僕はなにもしていない。ハンドルに触ってもいない。

頭を掻《か》きむしって眠気を剥ぎ落とす。

また、か。

まれに、勝手に巻き戻ってしまうことがあるのだ。理由はよくわからない。救急車のサイレンを聞いて反射的に能力を使ってしまったのか？

ああ――くそ。こういうことがあるから。だから、僕は……。

萎《な》えた身体《からだ》でベッドから転げ落ちると、制服に着替えて一階に下りていった。

一度摂《と》ったはずの朝食。

一度乗ったはずの満員電車。

一度聞いたはずの授業。

自分で望んだわけでもないやり直しの一日が、僕の脳味噌を少しずつ少しずつこそげ取っていく。

放課後すぐに美術室に走った。わかっていることだけれど、自分の目で確認しないわけにはいかなかった。

壁際のイーゼルに裏向きに置かれた僕のカンバス。ひっくり返してみる。木炭のうっすらした線で下絵が入れられているだけで、まだなんの色彩もない。

僕はため息をついてカンバスを裏返し、机に腰掛けて自分の手のひらを見下ろした。あれだけ苦労してようやくたどりついた青も、鈍い光で切り取った緑の影も、すべてなかったことにされてしまった。

これだからいやなんだ。

美術室を出ると、校舎の反対端まで行った。

非常階段から、ちょうどプールを見下ろすことができる。手すりに額を押しつけるようにしてしゃがみ込む。

プールにはまだだれの姿もない。風に揺らされた水面が午後の陽を細かく砕いては寄せ集め、また散らし、集めているだけだ。プールサイドの乾燥しきった防滑性マットは老人の手の甲みたいだ。

時間と根気を費やせば、あのコントラストをカンバスに写し取れるだろうけれど、根気がもうない。

それでこんな場所にしゃがみ込んでなにをしているんだろう、と僕は思う。巻き戻る前になにが起きたのかもわかっていない。たぶん水泳部の活動中にだれかが事故で怪我《けが》をしたんだろう。

まさか燈子が……？

プールサイドに人影がひとつ現れた。競泳水着の上にジャージを羽織り、すらりとしたコーヒー色の素脚を陽にさらしている。

遠目でもすぐに燈子だとわかった。

彼女はフェンスに立てかけてあった何本ものデッキブラシを倉庫に運び込み、プールサイドにホースで水を撒《ま》き、そこでふと顔を上げた。

僕はびっくりして伏せた。が、遅かった。目が合う。

「なにしてんの啓太」

気まずい。これじゃ覗《のぞ》いてたみたいじゃないか。いや、その通りなのだけれど。

「……ええと、絵の参考になるかなと思って……いや、見にきたのは燈子じゃなくてプールだからね、背景を水の中っぽい感じにしようかと思っててそれで」

言い訳がましい言葉がぼろぼろ出てくる。

「ふうん」

燈子は小首をかしげて目を細めた。

「あたしだけだからまだいいけど、他の人が来る前に退散したら。変な誤解されたくないでしょ」

まったくその通りだったので僕は校舎内に引っ込んだ。

非常口を閉めると、初夏の強い陽射しが遮られて、一息つけるようになる。

ぐっと目を閉じて、記憶を探る。巻き戻る直前の光景。フェンスの向こうに立っている何人かの水着の後ろ姿が見えて――そうだ、そのうちの一人は燈子だった。少なくとも彼女は事故の被害者じゃないのだ。

なら、いいか。

どのみち、事故の詳細を知らなければ先回りして恣意《しい》的《てき》に未来を変えるなんて無理だ。巻き戻ったポイントはたしかあと二時間ほど後。そのときまたなにか事故が起きたら、詳しく状況をたしかめて、もう一度遡《さかのぼ》ればいい。

いくらでもやり直せるのだから。

そして、そう――どうせ巻き戻してしまうのだとしたら、下塗りに頭を悩ませるのは馬鹿《ばか》馬鹿しい。

あの色と完璧《かんぺき》に同じものはもう創《つく》れない。

美術室に戻った僕は、下描きを入れてある自分のカンバスを棚のいちばん奥にしまった。それから窓際の席に腰を下ろし、本のページを開く。物語だけが僕の積み重ねることのできるたしかな色彩で、あとのすべては水に揺らめく影だった。すくいとろうとしても指の間からこぼれ落ちてしまう。

## 3

美術部には僕（と幽霊部員の燈子）以外にもう一人だけ部員がいる。

道永佐世《さよ》、というその二年生の名前は、まだ顔を見たこともないうちからよく知っていた。幾原先生が作品をたくさん見せてくれたからだ。

「ほんとうに才能ある人なので、もっと部活に真面目《まじめ》に出てくれたらと思うんですが」

そう言いながら先生は倉庫から何点もの油絵を出してきてくれた。

たしかに、高校生離れした出来映えだった。このまま展覧会に並んでいてもまったく違和感がないだろう。人物と植物が融け合っているような幻想的でグロテスクな少女たちが、ぎょっとさせられる色彩で細部まで描き込まれていた。

カンバス枠の裏に、署名があった。

道永佐世。

純香先輩からも話だけは聞いていた。ものすごい絵を描く人で、頭も良くて話も面白くて気が合って……と、べた褒めだった。純香先輩とはけっこう仲が良かったそうなのだが、だいぶ変わり者で、あまり部活に出てこなかったという。

くだんの道永先輩にはじめて逢ったのは六月になってからだった。

梅雨のはじまりの蒸し暑い雨の日、図書室での仕事を終えてかなり遅めに美術室にやってくると、見知らぬ女子生徒が僕の絵を床に並べて深々とお辞儀でもしてるような姿勢で顔を近づけて眺めているところだった。サイズが大きすぎる上に絵の具であちこち汚れた白衣を制服の上から着ている。ばさばさの長い髪をヘアゴムで高い位置に無造作にまとめて度のきつい眼鏡をかけた、いかにも芸術家肌という感じの人である。

僕に気づいた彼女は上体を起こした。

「これ描いた人？」

いきなり訊《き》かれた。

自分への質問なのかどうか確信が持てず、僕は曖昧にうなずいた。

「いいね。見えない色が見えてる。月の裏側にはワニがいるとか思ってるでしょ？」

いや、思ってませんけど？

「新入部員だよね、久米沢先輩が言ってた。なんだっけ柚木君？　ちょうどよかったよ男子部員ずうっといなかったからね、さっそくモデルやってくれる？　そこの机に座って片膝《かたひざ》立てて顔は黒板の方向けて、うんそう、もうちょっと上向き」

僕に喋《しゃべ》らせるひまをまったく与えず彼女は矢継ぎ早に指示してきて自分はスケッチブックを広げた。

表紙に油性ペンで書かれた『道永佐世』という名前がちらと見えた。

この人が例の人なのか。

「柚木君は選択授業も美術なの？　音楽？　それでなんでうちに入ったの、ああそうか図書委員なんだっけ、つまり久米沢先輩目当て？　動かないで、喋ろうとしないで、ちゃんと黒板の方を向いてて」

質問攻めにしておきながら動くな喋るなとは理不尽にもほどがある。あげく、五分ほどでスケッチを終えた道永先輩はページを僕に見せて言った。必要最低限の線だけながら、見事な活写だった。

「どう？　実物より五倍くらい良いでしょ」

たしかにその通りだったが、それが実物に対して言うことか。

そのときちょうど幾原先生が職員室から戻ってきた。

「ああ、道永さん！　来てくれてたんですね」

声を弾ませて机の間を抜け、寄ってくる。

「よかった、これでようやく部活らしくなりますね」

「新入部員が幽霊じゃなくてちゃんと描く人らしいと聞いたので」と道永先輩。「文化祭にも出すんですよね。あたしひとりの展示じゃないってことなら、打ち合わせもしないといけないし」

「そう、そうですよね。いやあよかった。これからはもっと頻繁に来て、柚木君の絵も見てくれると助かります。正直、私は油絵は専門じゃないし道永さんの方がずっと達者ですし」

「気が向いたら来ます。とりあえず今まで描いたの全部見せてもらわないと」

道永先輩が言うので、幾原先生は僕の習作を美術室の窓辺にずらりと並べた。すべて果物の小品だ。林檎、苺、林檎、葡萄《ぶどう》、林檎、林檎、桃……。『はらぺこあおむし』が三週間続けて暴食したみたい。

「どんどん上手くなってるんですよ。ですから――」

幾原先生は、困った笑いを浮かべて僕をちらと見た。

「そろそろちがうものを描いてみては」

「あ、はい。じゃあ柘榴《ざくろ》とか無花果《いちじく》とかちょっと難しそうなのを」

「いえ別の果物という意味ではなくてですね。やはり人物画を。下絵までできているんですよね、もう取りかかってもいいんじゃないですか」

僕は、例のカンバスをしまいこんだ棚にちらと目を走らせた。

「まだちょっと自信がなくて……。初心者だし」

「いやいや。うちの息子よりもよっぽど上手いですよ。もう三年くらい教えていますけどこんな立体感の出る塗り方は全然できてないです。柚木君はもっと自信を持って」

息子さんは小学六年生だというから、いくら歴に差があっても僕の方が上手いのは当たり前で、自信にはつながらない気がする。いやそもそも、自信がないから人物画に取りかからないというのが嘘《うそ》なのだけれど。

果物ばかり描いているのは、塗り始めたらその日のうちに完成するからだった。

絵の制作を山登りだとするなら、一日で登り切れる山は一日分《巻き戻し》たとしても、山の麓《ふもと》だ。あきらめがつく。でも何日も何週間も何ヶ月もかかるような大きい山を登り始めてしまったら、一日分の行程が戻ったとしても坂の途中である。登るにも下りるにも気力が要る。

そう考えると、燈子の絵に取りかかる気にはなれなかった。

黙って腕組みして僕の絵を眺め渡していた道永先輩が、そこで口を開く。

「べつにオール果物でもいいんじゃないですか。百枚くらい描いてもらえば統一感も迫力も出ます。壁を柚木君の果物でばーっと埋め尽くして、真ん中にイーゼルであたしの絵を五点くらい並べる。こう、樹《き》の幹と枝になっている実、という感じで。見栄《みば》えのする展示になると思いますけど」

「さすがに壁を埋め尽くすほどは……柚木君でも無理だと思いますが……」

幾原先生は苦笑して言う。

「一日一枚描けるんでしょ？」と道永先輩はなんでもなさそうに言う。「夏休みも毎日学校に来て描けば余裕でしょ」

「いや、道永さん、夏休み中は私が学校に来ている日しか美術室を開けられないんですよ、危ない用具が多いですからね……」

幾原先生の笑い方は徐々に余裕がなくなってきている。

「夏休みは授業がないので、あちこちに出張するんですよ。研修とか講習とか模擬授業とかですね。七月中にはスケジュールが決まると思うのでお知らせします」

「あの、それに僕も図書委員の方の仕事もあるので……毎日はちょっと……」

僕もおそるおそる言う。

「ふうん。ならしかたない」と道永先輩が腕組みして残念そうにつぶやくので、ようやくわかってくれたかと思ったら、彼女はこう続けた。「一日三枚描いてもらうしか」

この無茶振りから逃げるためだけに燈子の絵に着手してしまおうか、と真剣に考え始めた僕だった。

＊

道永先輩が部活に出てくるのと、純香先輩がたまに遊びにくるのはどちらも週に一回程度だったので、二人が鉢合わせすることはなかった。

　でも、図書委員の活動のときに純香先輩にふと道永先輩の話をしてみると、食いついてきた。

「佐世ちゃん、真面目に部活に出てくるようになったんだ？」

「全然真面目じゃないですよ。たまーに気まぐれにふらっと」

「そうなんだ。わたしもまた佐世ちゃんが絵描いてるところ見たいな。もうほんとにね、描いてるしぐさがすでに芸術だよね、あれは。あと描きながらの方がよく喋るんだよね。一緒にやってた頃は二人で描きながらずっと話してて……でもわたしの方だけ手が止まっちゃって……」

　純香先輩は懐《なつ》かしそうな目になってつぶやく。

「でも、そうか、毎日来てるわけじゃないんだ」

「あ、それじゃ、道永先輩が部活に来たら教えますよ」

「ほんとに？　ありがとう！」

　ごく自然な流れで純香先輩の連絡先を教えてもらえるぞ、と僕はほくそ笑んだ。ところが先輩は続けて言った。

「じゃあ佐世ちゃんが来たら窓から合図してくれる？」

　純香先輩が指さしたのは、貸し出しカウンター正面の窓だ。中庭を隔てて向かい側の校舎の美術室がちょうど見えるのだ。

「わたし、放課後はだいたいカウンターで受験勉強してるから」

　僕は肩を落として言った。

「……はい。じゃあ道永先輩が来てたら窓んとこにパイナップルの絵を置いときます」

「ありがとう！　……なんでパイナップル？」

「あの人の髪型、パイナップルっぽくないですか」

　純香先輩は腹を抱えて笑ってくれた。連絡先は手に入れられなかったけれどまずまずの収穫だった。

　翌日、折良く道永先輩が美術部に顔を出してくれたので、僕は自分の習作であるパイナップルの絵を窓のところに外に向けて立てかけた。

　十五分くらい後になって、純香先輩はほんとうに美術部にやってきた。

「……あれ。受験勉強で忙しいんじゃないんですか」

「佐世ちゃんが来てるって聞いたから。たまに遊びにきてたんだよ、タイミング合わなかっただけで」

　道永先輩は訝《いぶか》しげな顔をしていたが、いそいそとスケッチブックを取り出してきた。

「じゃあモデルお願いします」

　純香先輩もにこやかにうなずいて大机の上にあがり、しどけなく足を伸ばして寝そべった。片膝を立て、片腕をつっかい棒にして上半身を支えているので、五分でもきつそうなポーズだったけれど、涼しい顔をしている。モデルをやり慣れている感じだ。昔からこうやって道永先輩に描いてもらっていたのかな。

せっかく純香先輩がモデルをやってくれているんだから僕もデッサンをしようか、と思うのだけれど、どの角度からでも冷静でいられる気がしなかったので、道永先輩の描きっぷりを見学することにした。

僕のときと同じように、道永先輩は鉛筆をつまんだ手を間断なく動かしながら、モデルに話しかけまくる。

「先輩はもう志望校決めたんですか？　こないだまで行動心理学とか社会人類学とか英文学とかその日その日で言ってることばらばらでしたけど」

「うん、だいたい絞った。受けてみたい講義いっぱいあって、色々情報集めたけど、やっぱり教授が書いてる本を全部読むのがいちばん。佐世ちゃんは美大行くの？」

「行きたいですけど我が家あんまりお金ないので。バイトを先に見つけなきゃですね。就職も厳しいしむしろ食べてける方法をもう確保しとかないと」

「わたしが大金持ちなら佐世ちゃんのパトロンになるのになあ」

「最近だとクラウドファンディングでパトロン集める仕組みが広まってきてるからわりと冗談でもなくなってて、それこそ一口五千円とかですから大金持ちじゃなくてもパトロンになれるんですよ」

「えっすごい。佐世ちゃんもやるの？　今からでも始めちゃえば」

「未成年はたぶん無理じゃないかと」

純香先輩、ポーズを完璧に維持したまま唇を最低限だけ動かして道永先輩との会話を成立させているのである。だから僕のときみたいな文句は飛ばない。

さらには幾原先生も職員室から戻ってきて、「お、二人がそろっているなんて珍しいですね」と言いながらスケッチブックを持ち出してくる。

三人は僕にはついていけない美術関連の進路の話で大いに盛り上がり始め、僕はなんともやるせない疎《そ》外感《がいかん》をおぼえ、美術室の隅の方で新しいパイナップルの絵を描くくらいしかやることがなかった。

皮肉なことに、この日ははじめて一日三枚描けてしまった。

＊

ところがそれからまた道永先輩は美術部に来なくなった。

もともと出席率が悪い人なので最初そうとは気づかなかったのだけれど、六月いっぱい姿を見せないままとなると、幽霊部員に逆戻りしてしまったと判断せざるを得ない。

気にはなったが、べつに差し迫った困りごとがあるわけでもないし、彼女にもなにか事情があるのかもしれないし、と思って特になにもしなかった。純香先輩にも「最近は佐世ちゃん来てないの？」と訊かれたけれど、「またサボリ癖が出ちゃったみたいですね」とてきとうに答えておいた。

期末テストも迫ってきた七月上旬の水曜日放課後、きつい陽射しをコンクリートが照り返す裏門駐車場で、僕は道永先輩と遭遇した。

彼女はビーチパラソルを高い竿《さお》にくくりつけ、その下にイーゼルを立ててカンバスに向かって一心に筆を動かしていた。

傘のつくる濃い影が彼女の顔や腕や手にしたパレットに落ち、陽のあたっている白衣のまばゆさとのコントラストが僕の心の中のなにかを鋭く刺した。僕はそのときゴミ捨て場から教室に戻ろうとしているところだったのだけれど、空っぽのゴミ箱をぶらさげたまましばらく立ち尽くしてしまった。

道永先輩は筆を止め、足下に置いてあるバケツからペインティングナイフを取り上げようとして身をかがめた。そこで僕に気づく。

「あれ。久しぶり。どうしたの？　熱射病になるよ」

「え……あ、ああ、はい」

言いようのない不思議な感慨は、道永先輩のなんでもなさそうな言い方のおかげで、急に噴き出してきた汗と一緒に肌を伝い落ちていってしまった。

「なに？　なんか用があった？　今ちょっと一息入れようと思ってたところだから大丈夫だよ邪魔じゃないよ。いやあもうこんなカンカン照りの下で描くと色彩感覚狂っちゃっていかんねえ。これ水泳部から借りられて助かったよ」

　そう言って道永先輩はビーチパラソルを見上げて大きく伸びをする。

「で？　話でもあるんじゃないの？」

「え？　あ、いや、……ゴミ捨ての帰りで、偶然通りかかっただけです」

　道永先輩は眼鏡の奥の目をまん丸にして、僕が両手でだらしなく持っているゴミ箱に視線を落とし、口を半開きにした。

「……ああ。なんだ。そっか。いきなり部活に行かなくなったから呼びにきたのかと思っちゃったよ」

「それは、はあ、まあ……全然来なくていきなり来るようになったので、またいきなり来なくなっても、そういうもんかな、って」

　まじまじと見つめられてしまった。

　それから道永先輩は校舎のつくる日陰に引っ込んだ。七月の昼下がりの太陽は高く、四階建ての影も刷毛《はけ》の一塗りくらいの幅しかない。僕も陽射しで耳の裏が痛くなってきたので彼女の隣にお邪魔させていただいた。

　それから、ここ二週間ほど考えていたことをおそるおそる訊いてみる。

「あの、僕がまずかったですか？　部活来なくなっちゃったの」

純香先輩とは仲が良さそうで、幾原先生とも普通に接していて、こうして絵もちゃんと描き続けているとなると、僕が気にくわない以外の原因を思いつかなかったのだ。

でも道永先輩は「あはっ」と笑って、だぶだぶの白衣の袖《そで》が落ちかけていたのをまくり直す。

「ちがうちがう。柚木君は全然関係ない。……ああいやちょっと関係あるか。久米沢先輩が遊びに来るようになっちゃったでしょ。あれって柚木君がタイミング合うように教えてたんでしょ？　あれでちょっとね」

気づかれていたのか。

合図がパイナップルの絵だということまで知っているのだろうか。いや、問題はそこではなくて。

「……純香先輩と、仲良い――んじゃなかったんですか」

「仲は良いよ。あの人は大好きだよ。特に唇。喋っているときの唇を横から見るともう傾き加減が完璧なんだよね。あんな完璧な唇、他に見たことない」

唐突に熱く語られてしまって僕は面食らう。僕も純香先輩を見るのが生きている上で最大の喜びのひとつではあったけれど、こんなふうにオブジェクトとして詳細に認識したことはなかった。

「そうじゃなくて久米沢先輩が美術室にいるっていう――あの、なんか合図してもらって図書室からいそいそやってくるっていう、んでそこにあたしが居合わせるっていう、その状況がね。嫌なので。行かなくなった」

僕は校舎の壁にべったりと背中をくっつけ、道永先輩の横顔を盗み見た。彼女はパイナップルではなかった。もっと深い。森だ。ごっそりと重なり合った葉がどんなに強い夏の陽光も漉《こ》してしまって、その眼の底にまでは届かない。

言っている意味はわからなかった。ただ、暗いということだけ。

「だからまあ、柚木君のせいではないし、そんな深刻な話でもないよ。なんか気にくわないから行かないだけ。絵と同じだよ。なんか気にくわない色は塗らないでしょ」

「絵と同じだとすると先輩にとってはけっこう深刻な話ってことになっちゃうのでは」

美大行こうかって人ですよね？　絵は人生ですよね？

「うん？　たしかに。それはそうだ。ごめんね国語苦手だから。きみ無駄に鋭いねえ、鋭さの使いどころを間違ってるんじゃない？　大切な人のために使いなよ」

「はあ。そうでしょうか」

いきなりなにを言い出すのだろう、と思う。僕のなにを知ってるっていうんだ？　何度か美術室で一緒に絵を描いただけだろうに。

「わあごめん。俺のなにを知ってるんだ、って顔だ」

ずばり言われて僕はうつむく。

どうやらこの人はたしかに、なにかは知っているらしい。

「よくやっちゃうんだこれ。描いてる最中とか自分でもよく憶《おぼ》えてないけど色々喋ってるらしいし」

憶えていないのかよ。だいぶ失礼なことも言われましたけど。

「でもあたし絵のことしか知らないし、ぜんぶ絵の話なんだよね」

「え？」

「それ駄洒落《だじゃれ》？」

「い、いや、ちがいますけど」

「だからね柚木君、これぜんぶ絵の話だからそういうつもりで聞いてね、柚木君って自分がものを客観視しすぎちゃって表面だけで中に入り込めないって思ってるだろうけど実は正反対で全然そんなドライな人じゃなくて。もっとぐっちゃぐちゃぬるぬるの人で。どれくらいぐちゃぬるかっていうと胃カメラくらい？　あのねほんとうに客観視できてる人はあれだけの下絵ができちゃったら塗らずにいられないよ。もうばばーっと色入れちゃう。見えるはずの色が見えてなくて見えてない色が見えちゃってるから棚にしまいこんでパイナップルばっかり描いてるんだよ」

ほんとうに意味がわからなかった。

でも、僕は道永先輩の絵の具まみれの指先から目をそらすことができなかった。

いけない。

これは、なにか、まずい。爪先《つまさき》が冷たくなってきている。夏なのに。

なにか言い返さなきゃ。

「……純香先輩と仲が良いっての、わかる気がします」

これではだめだ。

なんの戦いをしているのか——そもそも戦っているのか？——もよくわかっていなかったけれど、とにかく反撃にすらなっていなかった。

道永先輩は唇の端を曲げるだけの笑みを浮かべて答えた。

「そうかもね。あの人も大概ろくでもないからね。何回か描いたけど、絵にしちゃうとそのろくでもなさが抜けちゃうんだなあ。難しいよ。また描きたいな。卒業までにあと三枚くらいは」

ろくでもない？

純香先輩のろくでもなさって一体なに？

僕はもう目の前にいる白衣の女性がちょっと似ている言葉を喋るだけの異星人だということに薄々気づきつつあったので、それ以上の質問を頭の中でまとめられなくなっていた。そんな僕を見かねたのか異星人は僕の肩をぽんと叩《たた》いた。

「だから柚木君も気にせず描いちゃえばって思うけどね。油絵なんていくらでもやり直しきくんだから。塗り重ねても削り落としてもいい。人生には取り返しのつかないことなんてないって、なんかの漫画に書いてあったよ」

これが、道永佐世の口にした言葉の中で唯一《ゆいいつ》僕が共感できたものだった。

人生には取り返しのつかないことなんてない。

その通りだ。ひとつもない。

よく知っている。たぶん世の中のだれよりもよくわかっている。その真実がなんの励みにも慰めにもならないということまで。

そこで僕らの間の会話は途絶えた。

後になって考えてみれば、僕はこのとき星間交信をあきらめず、道永先輩にもっと詳しく純香先輩のことを話してもらうべきだったのだ。彼女はほとんどすべてを知っていたのだから。そうすれば、僕の十五歳の八月をずたずたにしたあの事件も、少しはましな形で受け止められたかもしれない。

でも、そのときの僕には無理だった。黙り込むことしかできなかった。

道永先輩はパラソルの影の下にぽつんと立ち尽くすカンバスにじっと目を注いでいた。隣にいる僕のことなんて、おそらくもう忘れてしまっているのだろう。目に映る世界から色彩を受け取るのに忙しいのだ。

ふと足音が聞こえた。

「先輩！　すみません、パラソルやっぱり先生が使うって――」

声のした方を向くと、プールの方から駆けてくる人影が見えた。競泳水着にジャージの上だけを羽織っている。燈子だ。僕はびっくりする。向こうも目を見開いてスピードをがくんと落とした。

「啓太？　あんたもここで描いてたの？」

僕は燈子と先輩を、燈子は僕と先輩を見比べる。

え、どういうこと？　知り合い？

でも先輩は僕らの困惑ぶりはまったく気にしていないようだった。

「パラソル？　返すの？　ううんわかった、ありがと。外で描くの新鮮だったけど暑いしまぶしいしそろそろ限界かなって思ってたからちょうどよかった」

先輩は言って、イーゼルの方に歩み寄り、高い竿からパラソルを取り外して畳んだ。燈子に渡してから僕に向き直る。

「そんじゃ柚木君、やっぱり美術室でやることにするよ。でも久米沢先輩と鉢合わせしたくないから、遊びにきそうなら前もって教えてくれるかな」

僕と電話番号を交換すると、道永先輩はカンバスをイーゼルごと担《かつ》いで校舎の方へと去っていってしまった。

　僕と燈子はわけのわからないまま二人取り残される。

「……道永先輩と、知り合い？　だったの？」

　どう訊いたらいいものかわからず、棚の裏を箒《ほうき》の柄で探るみたいな言葉遣いになってしまう。燈子は先輩の去っていった方に目をやって言う。

「一応あたしも美術部員だし」

「そういえばそうか。……いや、でも、燈子あれ以来美術部きてないよね？　道永先輩とは逢《あ》ってないはずじゃ」

「前に、いきなり廊下で向こうから話しかけてきた。『モデルやってた人でしょ』って。啓太のスケッチ見てて、あたしだってわかったんだって」

「えええ……」

　自分で言うのもなんだが、実物を見て判別できるほど達者な絵ではなかったはずだ。

「それでさっき水泳部に来て、外で作業したいからパラソル貸してくれって」

「そういや水泳部に借りたって言ってたっけ」

　他人との距離感なんて気にしなそうな人だったのでいきなり押しかけたのかと思っていたけれど、一応は知り合いを頼ったのか。

「それにしても、よくあんな人の頼みをいきなり聞く気になったね」

「美術の授業の課題で相談に乗ってもらったりしてたから。これくらいはいいでしょ」

「……ああ、それなりにつきあいがあったの？」

意外だった。

燈子と道永先輩という取り合わせだけ考えても黒酢とホワイトソースという感じなのに、それが仲良くしているところなんてまったく想像できなかった。

「変わってる人だけどあたしは好きだよ。ほんとに絵の話しかしないのが気持ちいい」

燈子の道永先輩に対する印象は九割五分まで僕と同じだった。それでいて好意的なのだからわけがわからない。さらに燈子は言う。

「美術部でいちばんまともな人じゃない？　道永先輩」

さすがに僕も顎《あご》が落ちた。

「え？　いや、僕……は置いとくとして、純香先輩の方がずっとまともじゃ」

燈子は小首を傾《かし》げて校舎の三階の窓あたりを横目で見上げてつぶやく。

「あの人は、……ちがうと思う」

ちがう、というのはどういう意味だろう。あ、そうか、もう引退しているから美術部ではない、という意味？

でも燈子はそれ以上話題を引っぱらず、あたりを見回して訊いてきた。

「ところで啓太の絵は？　ここで先輩と一緒に描いてたんじゃないの？」

「ちがうよ。ゴミ捨ての帰りに通りかかっただけだよ」

ひとつのパラソルの下で二人も作業できるわけないだろうに。

「ふうん。あたしがモデルになったやつはいつできあがるの？」

僕は目をしばたたく。

「……下絵のままだけど。なんかやる気が起きなくて。……え、そんなに完成楽しみにしてたの？」

「べつに楽しみじゃないけど。あんな身体《からだ》が痛くなるくらい苦労してモデルやったのに色つきの絵にならないなんて、なんか癪《しゃく》だから」

「そこは申し訳ない……けど……いや、でも僕が頼んだわけじゃ……」

「久米沢先輩がモデルの方がよかった？　それならやる気出た？」

「なんだそれ」

さっきから、純香先輩になにか含むところでもあるのだろうか。

「だってあの人いかにもモデル、って感じじゃん。目当ての人がモデルの方が啓太も描く気になるんじゃないの」

「いや、一度美術部に遊びにきてモデルやってくれたことあったんだけど、スケッチブック開くのすらできなかったよ。道永先輩がすごい慣れた感じでデッサンしてて、僕の出る幕じゃないっていうか」

「そんじゃ啓太の出る幕っていつどこにあるの？」

その日の燈子はひときわ辛辣《しんらつ》だった。

僕が答えられずにいると、燈子は唇をとがらせ、パラソルを肩に担いだ。

「まあとにかく、あたしの言った通りやっぱり啓太には油絵なんて無理だったってことか。根気ないもんね」

まったく言う通りだったので反論のしようもなかったし、言い込められてやる気が出てくるわけでもなかった。プールの方へ歩き去るジャージの背中を黙って見送ることしかできなかった。

自分の人生なのに、舞台裏からじっと見ているしかない。そう考えると、無遠慮な陽射しがいつもよりもずっと刺々《とげとげ》しく感じられた。

壁にもたれて動けないでいる間に、陽が角度を変え、校舎の影がますます狭まって強い光が僕の爪先を灼き始めた。それでも僕はどうしても歩き出せずにいた。道永先輩や燈子の言葉のどこかが僕の中にずっと引っかかっていた。

*

期末テスト期間中は、部活動も委員会活動もできなくなる上に、テストも午前中で終わってしまう。特にテスト勉強をしない僕には大量の暇な時間が訪れる。

しかたなく、高校と同じ市内の図書館に寄り道してみることにした。家から歩いて行ける小さな図書館には小学生の頃から通い詰めていて、めぼしい本はあらかた読み尽くしていたのだ。新規開拓しておこう。たしか、純香先輩が、けっこう蔵書が豊富で良い図書館だと言っていた。

歩いて一時間近くかかった。駅ふたつぶん離れているのだ。

その日も空はきつく晴れていて、坂だらけの街路を強い陽射しと街路樹の濃い影が容赦なく細切れにしていた。ワイシャツが汗でべっとりと背中に張りつき、脚もスラックスの中で蒸し煮にされている。電車代くらいけちらなければよかった、と後悔する。

やっとのことで図書館にたどりつき、自動ドアをくぐって冷房された館内に転がり込んだ僕はしばらく雑誌コーナーのソファにへたり込んで動けなかった。

身体が冷えてくると、今度は汗の染《し》みこんだ服のせいで寒くなってくる。鞄《かばん》を胸に抱えて震えながら館内を見て回った。

四階建ての、嫌みなくらい広くて充実した図書館だった。地域の本のコーナーや絵本コーナーもたっぷりスペースをとってあり、音声・映像ソフトの閲覧ができるＰＣルームまで備えていて、利用者も多く、我が校の図書室と比較してしまいなんだかみじめな気分になってきた。

うちが勝っている点といえば――

棚からてきとうに一冊抜き出して裏表紙を見る。

よし。バーコードを使っている。勝った！　うちの図書室はカラーコードという、ごく小さな面積で識別可能な特殊コードを導入予定なのだ。これはかなり薄い本であっても背表紙に貼《は》れる上に低解像度でも自動識別できるため、本棚をスマホでぱしゃっと撮影するだけでまとめて図書の所在チェックができるというすぐれものだ。ＩＴ技術だけはこの四階建て市立図書館の先を行っているぞ。

張り合ってもむなしいので階段脇《わき》の壁にもたれてため息をつく。

それにしても、とあらためて館内を見渡す。

バーコードなのか。

年に一回の蔵書点検で、一冊一冊取り出してピッピするのか。

たぶん職員総出で丸一日かかるだろうな。考えたくもない手間だった。あまりにも馬鹿馬鹿しい。

……いや待てよ？

年に一回のその手間を省くために、僕はいま司書室で一冊一冊ぺたぺたしてるぞ？

夏休みじゅうかけてようやく終わるかどうかっていう膨大な作業量だ。そっちの方が馬鹿馬鹿しくないか？　こちとら純香先輩が卒業したら図書委員なんて続けないし、蔵書点検が年度末だとしたら下手すれば一回もやらないぞ？

寒気が押し寄せてきた。

未来への投資だ。そう思うことにしよう。僕が今年苦労を背負えば、今後五十年、百年にもわたって図書委員たちが丸一日ピッピの苦役から解放されるんだ。素晴らしい事業じゃないか。必死に言い聞かせてみたけれど特に慰めにならないどころか却《かえ》ってむなしさがいや増してきた。

さっきからなぜこうも益体《やくたい》のないことばかり考えているかといえば、この図書館の小説の品揃《しなぞろ》えがまったく趣味に合わないからだった。ぴんときた本が見つかっていればさっさと読書に入っているところだ。

僕が自分で建てる図書館なら――と考え始める。

もっと心躍るフロア構成にする。百科事典に棚三つも使わない。地域史料とかも興味がないので置かない。健康関連の実用書なんて絶対に入れない。貸し出し予約の順番待ちに何十人も殺到するのがなんだか腹立たしいので話題の新刊も発売から一年間は放置。蔵書管理とか貸出業務とかが面倒だしなるべく人が来ないように交通の便の悪い場所にして、案内板も看板も出さず、入り口もわかりにくくしてひっそりと……。

そこではたと思い至る。

多くの人々に多くの本を読んでもらうためにあるのが図書館ではないのか。人が来ないようにしたら存在意義がなくなるのでは。

僕は書架の端に寄りかかり、棚の段を埋め尽くす雑多な背表紙の色彩と、独特の静けさを保ったまま行き交う利用者たちの背中とをぼんやり眺めた。頭の中で、人々を一人ずつ消していく。くぐもった足音も、ページのこすれる音も、消えていく。

だれ一人訪れる者のない図書館。

使うあてもない知識をただ溜《た》め込むだけ。

僕の人生そのものみたいだ、と思った。

気分が鬱《ふさ》いできたのでもう帰ろうと思い、一階まで下りると、知った顔を見つけた。

純香先輩だ。僕と同じく学校帰りなのだろう、制服のままだ。医学関係の棚の前で真剣な目を背表紙に注いでいる。

声をかけようかかけまいか迷っているうちに向こうが僕に気づいた。一瞬ぎょっとした顔になり、棚から引き出しかけていた本を押し込み戻す。

すぐにいつもの穏やかな笑顔をつくって先輩はこちらに歩み寄ってきた。

「柚木くんもここでテスト勉強？」

「え？　ああ、はい、ええと……テスト勉強じゃないですけど、図書館の勉強ってことで見て回ろうかなって。なにか参考になるかなって」

「熱心だね！　うちの図書室とは規模がちがいすぎるけど、でも企画コーナー作りとかは参考にできるかも」

図書委員として参考にしたいわけではなかったのだけれど、誤解はそのままにしておいた。自分で図書館を建てるなんて与太話は先輩だって憶えてもいないだろうし。

「そうだ柚木くん、ちょっと外いってみない？　この図書館、裏にすごく景色がいい場所があるんだ」

「でも先輩は勉強しにきたんじゃ」

「そろそろ休憩しようと思ってたところ」

そう言って先輩は出入り口の方へ歩き出す。

なんだか妙に強引だ。僕を無理にでも連れ出そうとしているような。僕としても趣味に合わない図書館内をうろつくよりは先輩といっしょにいた方がいいので、素直についていくけれど。

自動ドアをくぐって陽の下に出ると、分厚い熱気が肌をぴっちりと覆《おお》い尽くす。冷房中の屋内から夏の屋外に出てきた後しばらくの間の、息苦しさにも似た暑さが、僕は夏そのものよりもいっそう苦手だった。汗もすぐには出てこないので自分の身体のまわりだけ時間の流れが淀《よど》んでいるみたいに感じられる。

それでも、先輩の後に続いて図書館の裏手に回り、林の中に踏み込むと、ちりぢりにされた木洩《こも》れ陽が僕の肌を引っ掻き、ようやく温度感覚が戻ってくる。

先輩の後ろ姿が視界を占めているせいだろうか、梢《こずえ》の葉を透かして降り注ぐほのかに緑に色づいた陽光は普段よりずっと鮮やかに見える。小止《こや》みなく聞こえる蝉《せみ》の声も炭酸のはじける音みたいだ。

すごく景色がいい場所――と言っていたから、てっきり林の先に開けた高台でもあるのかと思っていたけれど、先輩は林の真ん中でいきなり立ち止まり、振り返る。

「ほら、柚木くん、見て」

指さしたのは今来たばかりの方向だ。

僕も振り向くと、木々の間から図書館の三階と四階がかろうじて見える。午後の陽が窓ガラスにあたっていて、僕は手をかざして光を遮る。

「そんなに大きい林じゃないんだけど、ここから見ると深い森の中にあるみたいでしょ。森の中の図書館、すごく憧《あこが》れる。柚木くん、建てるならこんな感じのがいいな」

僕はびっくりして先輩の顔をそっと横目で見る。憶えていたのか。

まさか本気にしてはいないと思うけれど。

「……そうですね。でもコンクリートそのまんまのビルはちょっと芸がないので、洋館風がいいです。そもそも四階建てだとああやって森から飛び出て見えちゃってちょっと風情《ふぜい》がないですよね。二階建てくらいかな」

「二階建てだと蔵書少なくない？　あそこの図書館は四十万冊くらいあるらしいんだけど、あれだけ色々そろえるってなるとやっぱりかなりスペース要るみたい」

先輩が真剣に考える振りをしてくれるので僕はひそかにうれしくなる。

「いや、自分の好みの本しか置かないので、あんなに多くならないですよ。ダイエット本とか旅行本とか要らないじゃないですか」

僕が言うと、先輩は真顔で見つめてくる。

「……自分の好みじゃない本も置いてあるのが図書館のいいところじゃない？」

僕は目をしばたたく。

先輩は目を林の向こうのビルに移して続けた。

「本屋さんに行ったら、どうしても好みの本ばっかり手に取っちゃうけど、図書館なら自分じゃ絶対買わないような本も読んでみようかなって気になる。好みじゃないっていうのは、ただ知らないだけかもしれないし。最初のページがだめでも、次のページにはすごい景色があるかもしれないし。そう思ってわたし、購入リクエストはなるべく自分の趣味から外れたやつを優先的に採用するようにしてるの」

不意に強まった風が、さあ、と頭上の梢をかき混ぜて通り過ぎていった。

なかなかリクエスト通らないけどね、と先輩は笑って、図書館への道を戻り始める。

僕は葉陰の下に立ち尽くし、先輩の背中を見つめていた。

そのときの僕を突然貫いて通り過ぎていったのは、こんな想《おも》いだった。

僕は、この久米沢純香という人の一体なにを知っているんだろう。表紙を見て気に入っただけで、まだ開いてもいないんじゃないのだろうか。

それから思い出す。

道永先輩は言っていた。あの人は大概ろくでもない、と。燈子も言っていた。あの人はちがうと思う、と。

彼女たちは僕が知らない久米沢純香のどこかのページを読んだのだろうか？

でも、遠ざかる先輩の背中に声をかけることも、足を踏み出すこともできなかった。本を開く勇気を持てなかった。

ずっと後になって、僕はこの日のことを何度も思い出す。

何度も、何度も。

# 4

夏休み中、毎日活動があるのはごく一部のクラブに限られている。

燈子の所属する水泳部はもちろんそのひとつだ。休みに入っても毎朝七時に、スポーツバッグを肩にかけた燈子が家を出て駅に走っていくところを見かける。

他に野球部、サッカー部、陸上部といったメジャー運動部が狭い校庭を奪い合って炎天下でだらだら汗を流している。

我が美術部はといえば、弱小、文化系、おまけに顧問の幾原先生がいないと美術室が使用できないということで、休み中の活動は週に二回か三回だった。

活動日はすべて登校します、とは申告したものの、例の燈子をモデルにした絵に着手する気が起きない以上、ずっと美術室にいても時間を持て余すにきまっていた。

「図書委員の仕事もたくさんあるので、半分くらいは図書室に行ってると思います」

夏休み初日に幾原先生にそう言っておいた。実のところ、カラーコード貼りが思いの外はかどっていてそんなに切羽詰まらなくても二学期までに間に合いそうだったけれど、ずっと図書室に入り浸るつもりだった。

うれしいことに、僕が登校する日は必ず図書室に純香先輩がいた。

「先輩ひょっとして毎日来てるんですか」

遭遇率100パーセントなので、七月が終わるあたりでさすがに訊《き》いてみた。でも先輩は首を振る。

「週二くらいだよ。柚木くんのおかげで委員の仕事もそんなにたまってないし。わたしって集中力ないから、勉強もあちこち場所変えて気分転換しないと続かないんだよね」

先輩が読書とか書架整理をしている様子を見ていると集中力がないとはとても思えなかったけれど、ともかく先輩にしょっちゅう逢《あ》えるのはありがたかった。幸運な偶然もあるものだ、と思いながら司書室で先輩と椅子《いす》を並べてカラーコード貼りを進め、とりとめもない話をした。

偶然などではないことを知ったのは八月に入ってからだった。

その日は午前中ずっと図書室に先輩の姿が見えず、夏休みに入ってから続いていた僥《ぎよう》倖《こう》もさすがに今日で途切れたか、と残念に思いつつ僕は司書室でひとり黙々と作業を続けていた。

昼過ぎになり、腹が鳴り始める。

クーラーの効いた図書室から出たくはなかったけれど空腹が耐えがたくなってきたので席を立った。

中庭に出ると、皮膚を斬《き》り刻むような陽射《ひざ》しに閉口する。アスファルトの上にブルーシートを広げてなにやら大がかりな木組みにペンキを塗っている生徒たちがいる。文化祭で校門に設置されるゲートのようだ。こんな炎天下でよくやるよ、と思う。一時間もいたら脳味噌《のうみそ》が煮えてしまいそうだ。文化祭まであと三ヶ月もあるんだから、こんな暑い時期からがんばらなくてもいいだろうに。

作業中の彼らの傍らを通過するとき、ふと気づく。

あと三ヶ月、ではない。

もう三ヶ月しかない、のだ。

僕だって特になにをしていたわけでもないのに気づけば入学からもう三ヶ月以上たっている。文化祭まであと半年ある、なんて話を幾原先生としていたけれど、その期間の半分がすでに過ぎてしまったのだ。

北校舎三階に目をやる。美術室の窓ガラスに反射した陽が僕の目を射る。

手をかざして光を防ぎながら、そろそろ僕も文化祭について考えなきゃな、と思う。

人物画に手を着ける気が起きない以上は、道永先輩が言っていたみたいに、量でなんとかするしかないか。百は無理でも、現状でなんとか人に見せられそうな果物の絵が二十枚くらいはあるので、あと十枚くらい描いて――

純香先輩を見かけたのはそのときだった。

北校舎端の非常階段の口に見憶えのある制服姿が現れた。

声をかけるひまはなかった。純香先輩はさっとあたりをうかがうと、裏庭の方へと小走りに去っていってしまった。

僕はじりじりと照りつける太陽の下、しばらく呆《ほう》けて立ち尽くしていた。

先輩――泣いてた？

非常階段に駆け寄る。なんでこんな場所に？　と見上げると、三階の非常口が少しだけ開いていて、すぐに勢いをつけて閉じるのが見えた。

あのドアは、……そう、たしか美術室の奥、美術準備室につながっているはずだ。

どうしてわざわざ非常階段なんか使ったんだろう。僕は校舎の裏に回ってみる。日陰に入ったとたん思いがけない温度差で目《め》眩《まい》がして、かえって汗が噴き出てくる。先輩の姿はすでにない。油蟬の輪唱とプールからの水音、そして水泳部員たちの声や吹奏楽部のパート練習の音がけだるく聞こえてくるばかりだ。

空腹はどこかに消え失《う》せていた。僕はそのまま北校舎に入った。

美術室に行くと、準備室のドアが開いている。僕の気配に気づいたのか、幾原先生がすぐに顔を出した。

「ああ、柚木君でしたか。今日は部活やるんですね。だれも来ないなら閉めようかと思ってたところでした」

だれも来ない……？

僕は訝っているのを表情に出さないようにしながら訊《たず》ねた。

「純香先輩、こっちに来てませんでしたか？　図書室にいないんですけど」

「久米沢さんですか。来てないですよ」

先生が――嘘《うそ》をついた。

なぜ？

純香先輩はさっきまで美術準備室にいたはずだ。いや、他の階から下りてきたとか、非常階段にちょっと用があっただけとかも考えられるけれど。

「……そうですか。……ええと、はい、遅れてすみませんでした」

部活をやるつもりはなく、ただ様子を見にきただけだったのだけれど、そう正直に言えるはずもないのでしかたなく僕は自分の筆やバケツやパレットを用意する。

先生は教卓に広げられていた教科書やファイルをかき集めると脇に抱えた。

「それじゃ、職員室で仕事していますので、なにかあったら呼びにきてください。四時くらいにこっちに戻ってくると思います」

筆を握った僕は、色選びに迷っているふりをしながら、廊下を遠ざかっていく足音をじっと聞いていた。

目にしたもの、耳にしたものが整理しきれず、喉《のど》につっかえている。

　唇を湿らせ、何度も唾《つば》を飲み下した。

　違和感はいっこうに胃袋へ落ちてくれなかった。

　それから準備室のドアに目をやる。

　施錠《せじょう》されていない。幾原先生が学校にいる間はいつも開けっぱなしだ。

　特別教室は安全のために担当教員がいなければ開けられない、という規則は一応あるものの、実際にはちょっと校内の別の場所に行くたびに鍵《かぎ》をかけるなんて面倒なことをする先生はいない。美術準備室も、生徒が勝手に道具を借りたりするためにわりと自由に出入りしている。

　だから——

　今ここで僕が準備室にすっと立ち入っても、だれも咎《とが》めない。

　準備室は、木屑《きくず》とシンナーと絵の具と金属の混じった不思議なにおいがした。美術室の空気を冷やして圧縮したみたいなしんとした濃さだ。大きな彫刻刀のケースの脇には完成間近の馬の像が雄々しく前脚を振り上げている。書き物机は積み上げられた書類で埋まっている。右手奥にはロッカーが並び、間のスペースにイーゼルや脚立が押し込まれ、棚の最上段に並んだ石膏《せっこう》の胸像が瞳《ひとみ》のないうつろな目で僕を見下ろしている。

　非常口は、左手奥にあった。

　そっと開いて外をうかがってみる。

非常階段だ。むっとする熱気が流れ込んでくるのであわてて閉めた。

先輩はなんでわざわざこっちを通って出ていった？　しかも泣いていたように見えたし、幾原先生はそのことを隠していたし。

耳の奥がざわついてしょうがなかった。

とにかく、なにか説明してくれるものがほしかった。ぽたぽたと漏出し続けている疑問を、ひとまずガムテープ程度でもいいからふさいでくれる答えがほしかった。

準備室の棚をざっと見回す。画集、教則本、そして大量のスケッチブック。

スケッチ。そうだ、いつだったか先生は純香先輩をモデルにスケッチをしていた。今日もそうだったのでは？　泣いていたのは僕の見間違いで――

一冊引き出し、ぱらぱらとめくってみる。手慣れた達者なスケッチが並ぶ。建物、公園の遊具、それから動物の絵が多い。四冊目でようやく人物画に行き当たり、僕の手はこわばって動かなくなった。

僕の予想は半分だけあたっていた。

裸婦のスケッチだった。

髪の長い少女だ。

明らかに今日描かれたものじゃない。かすれ具合が年月を感じさせる。しかも、一枚だけではなかった。僕は息を詰めてページをめくり続けた。

立って斜めにうつむいているポーズ、腹這《はらば》いで肘《ひじ》を立てて上体だけ起こしているポーズ、足を伸ばして座り片膝《かたひざ》だけ立てているポーズ、様々だけれど、同じ少女だとわかる。必要最低限の輪郭と陰影だけを写し取った線ばかりなのに、それでも、だれを描いているのかわかってしまう。

純香先輩だ。

僕はスケッチブックを棚に戻して準備室を出た。

そのまま学校を後にする。

駅へと続く灼《や》けたアスファルトの歩道をうつむいて歩く。

地面に捺《お》された自分の影が視界に染みついてにじんだパステルカラーに変わる。頭の整理が追いつかず、自動改札で定期券を三回もタッチしそこね、そのたびにシャッターにぶつかってつんのめった。

昼下がりで、プラットフォームにはほとんど人気がなかった。ベンチに身を沈め、熱風にうなじをまさぐられながら、じっと考える。

純香先輩が、幾原先生のためにヌードモデルをしていた。

うん、まあ、そういうこともあるだろう。あれだけ綺麗《きれい》な人だし、尊敬する先生だと言っていたし。

美術室でやるわけにはいかないので準備室でスケッチしていたんだろう。何枚もあったから、何度も何度も。

それで？

それで……

それで——

思考はなかなかその先に進んでくれなかった。

代わりに快速電車が滑り込んできて、僕の身体《からだ》にまとわりついていたぬるい空気を吹き飛ばした。

＊

翌日は学校に行かないことにした。

前の日、見聞きしたことはみんな未整理のまま押し入れにしまい込み、戸に鍵をかけてあった。考えるのが億劫《おっくう》になってしまったからだ。幸い、夏休みである。登校したくないならしないで済む。図書委員の仕事も、けっこう余裕をもって進めてきたので僕が何日かさぼったところで問題ないだろう。

いや……純香先輩に頼られるのがうれしくて、他の委員にアプリの使い方なんかを全然説明してないな。二年生の先輩たちだけだと作業が進められない。

まあ、いいか。

八月もまだ三週間残っている。なんとかなるだろう。

夏休みなんだから休まなきゃ。

朝食後すぐに自室に引っ込んでベッドに転がった。冷房をきつめにしてカーテンを閉めきれば、クマゼミのしつこい鳴き声も古いエアコンの排気音と大して変わらなくなる。昨日からずっと続いている頭のもやもやも、枕に顔をうずめていると眠気のように思えてくる。

このまま面倒なことは考えるのをやめて眠ろう――

すぐそばでうなり声がした。

スマートフォンが震えているのだ。

先輩からか、と思って跳び起きたけれど、道永先輩の方だった。そもそも純香先輩とは番号を交換していない。

『柚木君？　今日は部活に来てないの？』

「……はい、今日は休もうかと」

来てないの、という訊き方からして、どうやら道永先輩は珍しく部活に出ていて、学校からかけてきているのだろうか。

『美術部ある日は毎日来てるって先生が言ってたんだけど、なんか用があった？』

「いえ、とくに――」

答えてから、てきとうに用事をでっちあげればよかった、と後悔した。道永先輩の声が明るくなる。

『そっか、よかった。今からでいいから来てくれないかな？　またモデルやってほしいんだよね、いま描いてるやつでどうしても決まらないとこがあって』

とくに用がないと答えてしまった以上、断りづらくなってしまった。僕は生返事をして通話を切ると、ベッドから下りてワイシャツに袖《そで》を通した。

道永先輩がその夏に取り組んでいたのは牧歌的地獄絵図とでも評すべき大規模な幻想画で、色鮮やかな春の花々が咲き乱れる庭園で羊や小鳥たちと若い男女とが戯れているという一見のどかな絵面なのだけれど、よくよく見ると人物はみんな恍惚《こうこつ》の笑みを浮かべながら動物たちに身体のどこかを齧《かじ》られたり啄《ついば》まれたりしている。

絵の右下、草むらに寝転がって羊に脇腹を食い破られている少年を先輩は指さして言った。

「この子がしっくりこなくてね。柚木君がぴったりだと思うんだよね。ちょうどよく不健康そうな顔してるし」

そんなにひどい顔してるのか、と僕は自分の頬をなでた。たしかに昨日は純香先輩のことをずっと考えていてろくに眠れなかったけれど。

道永先輩の制作中の絵は北校舎一階の階段裏スペースに置かれていた。生徒会から特別に許可をもらってアトリエ代わりに使っているのだという。美術室よりも気兼ねなく好きなときに作業ができるから便利なのだそうだ。

僕は座布団を階段に敷き、頭を下にして仰向けになった。かなりしんどいポーズだった。手足を突っ張っていないと滑り落ちてしまう。道永先輩の鉛筆さばきが異様に速いのが救いだった。

おそらく所要時間三分ほどだったのだろうけれど、一時間近く仰向けで身体をこわばらせていたように感じられた。

「ありがとう柚木君。いい表情だねえ。ほんとうに羊に内臓を食われてるみたいな顔だよ。デスマスクも採ってしまいたいくらいだった」

スケッチブックを窓からの光にかざして道永先輩は満足げに言う。

「……お役に立てたようでなによりです……」

姿勢を崩した僕は、階段にしゃがみ込んで息をつく。

「柚木君の絵の方はどうなの。夏休み中すごく真面目《まじめ》に部活に出てるっていうから、だいぶ進んだ？　けっきょく果物百枚描くの？」

「ああ、いえ……まあ、果物ですけど、そんなに進んでいないというか、部活じゃなくて図書委員の方に忙しくて……」

「ああ、久米沢先輩がそっちにいるからか。休み中は美術部には遊びにいってないの？　それならあたしが顔出そうかな。この場所、好き勝手できていいんだけど、クーラーないのがつらくて。汚れちゃうから白衣脱ぐわけにもいかないし」

この人の言葉は、なんというか、ほんとうに、荒れ野の踏み分け道みたいにまっすぐで飾り気がなくて見晴らしがよかった。だから僕もついぼろっと正直に訊いてしまう。

「道永先輩が、前に——その、言ってたじゃないですか。純香先輩が美術部に来るのが気にくわない、って。あれは、つまり、純香先輩と幾原先生が一緒のところに居合わせたくない、って意味ですか」

「ん？　そう。言わなかったっけ」

道永先輩はスケッチにさらに鉛筆で羊を描き足しながら平然と答える。

「あの二人けっこう学校でも大胆に色々やっててね。まあ奥さんいる人だし学校が実はいちばん都合いいのかな？　準備室ってプライベートルームみたいなもんだからね。鍵もかけられるし。なんか合図決めてて、それ見て久米沢先輩がいそいそ準備室に逢いにきたりとか。たまに先輩の方が先にきて準備室で待ってたりとか。あたしが隣で描いてるのに平気で二人してなんかやってたこともあったし。ああいうのは醜いよね。久米沢先輩ほんと見惚《みと》れちゃって鉛筆が動かなくなるくらい造形がいいんだけど。耳の形とか完璧《かんぺき》だよね。音を聴くための器官じゃないみたい。でも、うん、耳は自分で動かせないからいいんだけど他の部分がね。やっぱり表情って状況に左右されるでしょ。とくに目が。あの、男を見る女の目って、濁るんだよね。片想いなら純色だけどそうじゃないと濁るよね。もちろん濁りも必要なんだけど絵の具がチューブの中で最初から濁ってたら困るでしょ。そういうこと」

　そういうことなのだ。

「……いつから、なんですか」

「いつからつきあってるのか、ってこと？　さあ。あたしが入学する前からじゃない？　あの人が一年生の頃は美術部ほぼ先生と二人きりだったらしいからね」

　ほんとうに、荒れ野の踏み分け道には標識も信号機もなかった。風を遮る樹《き》の一本もなかった。

「柚木君、ショックなのはわかるんだけど顔色ひどすぎない？　そんな死人みたいな顔されるともう一枚スケッチしたくなるんだけどいいよね？　あ、姿勢そのままで、膝抱えてうつむいてるので大丈夫、動かないでね」

　道永先輩はスケッチブックを膝にのせて僕のすぐ隣にしゃがみ込む。

　鉛筆の音がやけに遠い。

べつにそこまでショックを受けているわけではない、と言い返そうとしたけれど、スケッチ中に喋《しゃべ》るなとまた言われそうだったので黙っている。

それから、道永先輩の道具を美術室まで運ぶのを手伝った。

幾原先生と顔を合わせたくなかったので室内には入らず、そのまま図書室に向かう。せっかく暑い中を登校したのだから、道永先輩の用事が終わったからといってすぐに帰るのももったいない。図書委員の仕事を少し進めて、あとは涼みながら読書でもしよう。

ひょっとしたら純香先輩が来ているかもしれない、という期待には同量の不安がまとわりついていた。いま顔を見たら回れ右して逃げ出すかもしれない。

純香先輩の姿はなかった。

僕は司書室でひとり黙々とシール貼りを進め、午後は『善悪の彼岸』を開いてみた。以前さっぱり理解できなくて挫《ざ》折《せつ》したニーチェを、頭が混乱しているこのときならかえって読み進められるのではないかと期待したのだ。

五ページくらいでまた挫折した。

貸し出しカウンターにだらしなくあごをのせ、外を眺める。

向かい側の校舎、美術室の窓に白い人影が見える。

道永先輩の白衣姿だ。

右の方に視線をずらすと、美術準備室の窓はカーテンが閉め切られている。

あそこから幾原先生がなにか合図を送って、それをこの場所で確認した純香先輩はいそいそと中庭を渡って非常階段側から準備室に……。そういう危険なやりとりを二人はこれまでに何度となく重ねてきたんだろうか。

だとしても僕にはあまり関係ないな。

もともと純香先輩とどうこうなりたいと思っていたわけでもない。見かけて、言葉を交わして、ささやかな喜びを得るだけだった。

先輩がだれかと交際していようと——その相手が妻子持ちの教師だろうと——先輩の麗《うるわ》しさには変わりない。

……というのは自分への嘘で、わりとしっかりショックだった。

燈子にも、駅のプラットフォームで遭遇して開口一番言われた。

「なんか人殺してきたみたいな顔してるけど、どうしたの」

「……暗いせいじゃないの」

下校時刻いっぱいまでなにをするでもなくぼんやり図書室に居残っていたせいで、学校を出る頃にはもう日が暮れていたのだ。乏しい蛍光灯の光の下では、燈子の日焼けした肌も僕とあまり変わりないように見える。

「なんでもないならべつにいいんだけど」と燈子は唇をとがらせる。「今日は先輩はいっしょじゃないの？　最近いつもいっしょに帰ってたけど」

「……いや、今日は学校来てなかった」

「ふうん？　先輩と登校日合わせてるのかと思ってた」

「僕は美術室が開く日に来てるだけで、それで先輩もたまたま」

そこで気づいて僕は口をつぐむ。

たまたまじゃなかったのだ。僕の登校日は美術室が開く日、つまり幾原先生が学校に来ている日に合わせていた。先輩も同じ理由で登校予定日を設定していただけだ。

自分と純香先輩が、あの四十代妻子持ち美術教師によってつながっていたのだ、と考えると寒気がしてくる。もっと他に幾原先生の嫌うべき点はないだろうかと考えるのだけれど、さっぱり思い当たるところがない。僕はそもそもあの先生のことをよく知らないのだ。そのむなしさが苛立《いらだ》ちを水増しする。

「先輩といっしょに作業するために図書委員会に入ったんでしょ。ちゃんと打ち合わせて同じ日に来ればいいのに」

「そもそも連絡先知らないし」

「あたしですら知ってるのに？　一学期中なにやってたの？」

そう言われると言葉もないが、なぜ燈子に責められなければいけないのか。

「さらっと言っちゃえばいいのに。減るもんでもないでしょ」

言っちゃえば、って、告れってこと？　おまえなんでそう軽々しく言えるの？　減るだろうが、なんかこう、精神力とか？　あとは今まで築いてきた関係とか？

すぐには言い返せなかった。たしかに僕なら、減らないのだ。

だって巻き戻せるから。

打ち明けたらどうなるか結果だけ見て、帰ってこられるから。

でもなんの意味もない。先輩の返答はわかりきっている。幾原先生がいるんだから。

「減るもんじゃないとして、燈子なら言えるの？」

黙り込んでいるのも癪なのでそう訊いてみた。

軽口のつもりだったのに、燈子は口元に片手を押し当てて考え込んでしまった。彼女がようやく口を開いたのは、やってきた電車に二人で乗り込んだ後だった。

「言えないね。ごめん」

ドアにもたれかかって燈子はつぶやいた。謝らせるつもりじゃなかった僕としては首を振ることしかできなかった。

不思議なことに、帰りの電車内では、先輩のことも幾原先生のことも美術室の壁際《かべぎわ》をむなしく埋めていくパイナップルの絵のことも思い出さなかった。僕はただ、ドアのガラス窓に映り込んだ燈子の半透明の横顔をじっと見つめていた。車内の照明を反射しているせいで暗い外の景色はほとんど見えなかった。燈子の肩口あたりにできた影の向こうで、小さな夜のかたまりを線路沿いの街灯の光が一定のリズムで引っ搔《か》いていた。

＊

蔵書のシール貼り作業は目に見えて滞っていた。

純香先輩が週一くらいでしか図書室に来なくなり、来たとしても上の空でほとんど手を動かさなくなってしまったからだ。のろのろと作業を始めたかと思えば、すぐにため息をついて席を立ち、司書室から出ていって窓の外をじっと眺めている。中庭を隔てた向かい側の美術準備室の窓を見つめているのだろう。

いっしょに作業をしている二年生の図書委員たちは、「先輩どうしたんだろう」「受験ノイローゼ？」などとひそひそ話している。あげく、僕に「なんとかして」と言いたげな視線を向けてくる。どうしろというんだ。

純香先輩がいると司書室の空気が重たくなるから、むしろいない方が心が安まった。といっても、下校時刻になるまで一度も姿を現さないとなると、それはそれでざわざわする。

先輩は、不機嫌そうだった。

外向けに攻撃的になるような人ではないのでものすごくわかりにくかったけれど、話しかけたときの微妙な反応の鈍さや、返す言葉の選び方に、触れないでほしいと言いたげな嫌悪《けんお》感《かん》がにじんでいた。

美術部には、まったく顔を出さなくなった。

幾原先生とは破局したのではないだろうか、と憶測する。泣きながら美術準備室から出てきて、以来まったく接触がない、となると別れた可能性は大きい。

先生の様子も部活中にそれとなくうかがってみたけれど、こちらは変わった様子を読み取れなかった。といっても純香先輩が同席しているわけでもないので当然といえば当然だった。先輩の話題が先生の口から一切出なくなったのは、なにがしかの示唆《しさ》があるような気がした。

ひとりきりになった美術室で、まっさらのスケッチブックと向かい合って自問する。

二人が別れたなら僕にチャンスが巡ってきたということだ。

うれしくないのか？

まったくうれしくなかった。先輩と逢える機会が減ったし、逢えても暗い顔をしていて、なにひとつ良いことがない。

僕は今になって道永先輩の言っていたことがよく理解できた。純香先輩の美しさは、幾原先生に濁った目を向けるときには、ぞっとするほど色褪《いろあ》せて汚れてしまう。二人の関係がどうなっていようが変わりはない。

どぶの中を這い進むようにして八月が過ぎていった。

夕立が多い、蒸し暑い夏だった。

空模様があやしくなると道永先輩は中庭や階段裏での作業をあきらめ、イーゼルとカンバスを担《かつ》いで美術室に避難してきた。油彩特有の皮膚が引きつるようなにおいが充満し、ときおりの雷が窓の外の曇り空をひび割れさせ、そのたびに彼女の描く森は深く茂り、人々や獣たちを呑《の》み込んでいった。そのまま校舎を覆い尽くしてなにもかもを灰と緑の中に沈めてしまえばいいのにと僕は思った。

純香先輩が泣いているところは、もう一度だけ目撃した。

夏休みも残りわずかになった金曜日のことだった。司書室での作業中に飲み物がなくなったのでコンビニに買いに行き、戻ってきたところ、美術準備室につながる非常口から純香先輩が出てきたのを見たのだ。

彼女は泣き腫《は》らした顔を両手で覆い、うずくまり、しばらく僕の視界から消えた。

やがて階段を降りてくる足音が聞こえ、階段口のそばに立ち尽くす僕の前に先輩が姿を現す。

彼女は目を剝《む》いた。

紅潮した顔には羞恥《しゅうち》とか怒りとか雑多な感情がみにくく入り混じってまだらになって

いた。無言のまま背を向け、走って裏門を出ていってしまう。

声もかけられなかった。口の中に、ガラスの削り屑みたいな不快感が残った。

僕はコンビニの袋に入った２Ｌペットボトルのごろりと重たい冷たさを腹に抱えてうずくまった。陽光がうなじと耳の裏を焼いた。

汗と一緒に湧《わ》いてきたのは、自分でも驚いたことに、笑いだった。

どうしようもないんだ。

時間を何度でも巻き戻せるとしても、人の心は変えようもない。こんな力、万能でもなんでもない。そう考えると笑えてくるのだ。

*

八月三十日は朝から薄曇りだった。

幾原先生は学校に来ない日だったけれど、僕は朝から登校して司書室で未処理の本の山に向かい合った。二学期からの新システム始動にあと二日で間に合うかどうかぎりぎりの進捗《しんちょく》状況だったからだ。

蔵書のシール貼り替えが大詰めにさしかかると、これまで先送りにしてきた所在不明本をどう処理するのか決断を迫られる。前回の蔵書整理から、新たに六冊が消えていた。

まず見つかることはないので、買い直すかあきらめるかなのだけれど——

　不明書のうち二冊のタイトルに、見《み》憶《おぼ》えがある。

『古典彫刻技術大全』と『近代日本版画史略』。

　幾原先生に頼まれて購入したのだ、と純香先輩がうれしそうに教えてくれたのは春のことだった。たしか美術準備室の机の上に無造作に積んであったのを見たことがある。正規の手続きを踏まずに先輩が特例で先生に貸し出したんだろう。

　そのときになってはじめて僕の中に幾原先生への怒りが湧いてきた。

　先輩との個人的な仲を利用した公私混同の結果が、僕の一夏をかけた仕事の最後の部分を邪魔しているという事実に耐えがたくなって、僕は職員室に行った。

　幾原先生が不在でも、当直の教員に事情を話して美術準備室の鍵を借り出すことはできた。もちろん嘘の事情だ。幾原先生が持っていた資料本が今日どうしても必要なのだ、と説明した。僕が美術部員だということもあって特に怪しまれなかった。

　幾原先生のいない美術準備室に足を踏み入れるのは、二度目だった。

　冷房がついていないので、絵の具と木屑と黴《かび》のにおいがそれぞれ空気中でいびつな塊をつくっているように感じられた。

　目当ての本はすぐに見つかった。二冊とも作業台の端に他の数冊と一緒に積み上げてある。

スケッチブックの並んだ棚に目をやった。

純香先輩をモデルにして描いたにちがいないあのヌードスケッチを、もう一度この目で確認しておきたいという自虐的《じぎゃくてき》な気持ちと、二度と見たくないという生き物としての危機回避本能に近い思いが僕の中でせめぎ合って、自分でも意外なほどあっさりと前者が勝った。

ところが、棚から何冊かまとめて抜き出して中身をぱらぱらめくってみても、見憶えのあるあのスケッチが出てこない。

おかしい。たしかにこの表紙のスケッチブックだったはず。前後に見た記憶のある別のモチーフの絵も見当たるのに、純香先輩のヌードだけが見つからない。

僕の妄想だったのか？

いや、とすぐに気づく。スケッチブックを綴《と》じている金属リングに、ちぎったページの残りが引っかかっている。

あのヌードデッサンだけ、だれかが破り捨ててしまったのだ。

だれが？

もちろん幾原先生だろう。純香先輩との関係が壊れたから証拠になるものを処分しようと思ったのかもしれない。妻子持ちだし。

口の中にいやな味が広がり、吐き気もこみ上げてきて、僕は二冊の本を抱えると足早に準備室を出て鍵を閉めた。

司書室でシール貼《は》り作業を進めていると、午後三時くらいになって純香先輩がやってきた。僕はびっくりして本の山をひとつ肘で崩してしまった。

先輩は僕の倍くらい驚いた顔になって、駆け寄ってきて膝を折り、本を拾おうとする。手がぶつかり、あわててお互い引っ込める。

冷房が効いているのに、汗が噴き出してきた。美術準備室で先輩の裸の絵を探して目を血走らせていたのがついさっきなのだ。

今は本人が目の前にいる。

どうして？　今日は学校に来る予定の日じゃないだろうに。

「作業、遅れぎみだって聞いたから、手伝おうと思って」

僕の視線の意味を察したのか、先輩は言い訳がましくつぶやいた。

本を積み終えると、先輩は大机の向かい側に座って、わざとらしいくらいてきぱきとした手つきでシール貼りを始めた。

「……この間は、ごめんなさい」

この間、というのは、非常階段で鉢合わせしたときのことだろう。あれ以来顔を合わせていなかったのだ。しかし、謝られても困る。べつに僕はなんにも迷惑をかけられていない。むしろ僕の方が変な場所に居合わせて先輩を不愉快にさせてしまったのだし。かといって僕が謝るのも意味がわからない。

「……いえ」

　けっきょく、ぼそりとそう返すしかなかった。

　やらなきゃいけない作業が大量に残っているというのは、この状況ではある種の救いだった。二人で向かい合って黙々と手だけを動かしていても、たまに口を開いて出てくる言葉が作業の確認事項だけでも、おかしくないのだ。だって仕事がたまっているんだから。そう自分に言い聞かせられる。

　下校時刻の六時まで、長い長い三時間が過ぎた。

「シール貼りは終わったけど、入力がまだけっこう残ってるね……」

　先輩がタブレットの画面と本の山を見比べてつぶやく。

「明日で終わるので、二学期には間に合いますよ。ありがとうございました。すごく助かりました」

「でも、今日終わらせないと……」

　先輩の言葉を僕は訝《いぶか》った。どうして今日中なんだろう。

「明日はわたし、手伝えないから」

「明日一日あれば僕ひとりで大丈夫ですけど」

言ってみても先輩の顔は晴れない。

自分が発案したシステム改修だから、自分の手でちゃんと終わらせたい、ということだろうか。

それなら。

「——あの、タブレットに入力する作業なら他の場所でもできますよね。ちょっとマックに寄るとかでも」

純香先輩は僕の顔をじっと見つめてきた。困っているような、迷っているような、あるいは苛立っているような。

でもやがて先輩は淡く笑った。

「そうだね。ちょっと残業していこうか」

たぶん作り笑いだったのだろうと思うのだけれど、自信がない。ほんとうに、哀《かな》しくなるくらい笑うのが巧い人だったからだ。

八月末なのでまだまだ日が長く、学校から駅前に向かう間もあたりは明るかった。街路樹の陰でツクツクボウシがしつこい問答を交わしていた。ねっとりとした暑さが地面に残っていてアスファルトが靴底に粘ついた。

寺と墓地が続く一角を抜け、商店街に入ると店から漏れ出てくる冷房の空気のおかげでいくらか涼しくなる。

駅のバスロータリーに面したマクドナルドに二人で入った。

二階の客席も半分以上埋まっていた。僕らと同じ学校の制服姿や、駅を挟んで反対側にある高校の生徒の姿も目につく。

僕らは奥まった隅の席を確保し、タブレットとスマホとコピー用紙の束を広げた。コーラとアイスコーヒーの紙コップが狭いテーブルから落っこちそうだった。

今日中に終わらせたいという先輩の意に沿うのであればかなり遅くなってしまうだろう。家族用LINEグループに、図書委員会の仕事で遅くなる、夕食は要らない、と書き込む。

「じゃあ柚木くん入力お願いね」とタブレットを渡された。

先輩が書籍データをチェックしながら読み上げ、僕がそれをタブレットに打ち込む。先輩の声をずっと聴いていられるというのは心地よかった。ただ書名を並べていくだけというのが染《し》みるほど素敵だった。

僕が先輩との間に望んでいたのはこういう関係だったのだ、と思う。

森の奥に図書館を建てて、僕が館長になり、先輩に司書を任せて、毎日朝から夜までずっと本の話だけして過ごす。先輩が入れたいと言う本は残らず買う。だれも利用者のいない図書館の棚を、日ごと本が埋めていく。底の破れた船が少しずつ海水に浸っていくようにして。僕と純香先輩はやがて沈みきるそのときを静かに穏やかに待ちながら、二人きりで日々を過ごす。本の小口の埃《ほこり》を払ったり、ねずみを追いかけたり、コーヒーの自家《じか》焙煎《ばいせん》を試したり……。

　でもそんなささやかな停滞はぶっつり途切れる。

先輩がコピー用紙の束をきつく握りしめ、目を見開いて絶句している。

紙面をそうっとのぞきこんだ僕は、『古典彫刻技術大全』『近代日本版画史略』という書名が並んでいるのを見つけて内臓がずんと重たくなるのを感じる。

そうだ、さっき回収してきて未入力リストに加えたから――。

「……あの、今日ちゃんと準備室から取ってきてシール貼り替えたから大丈夫ですよ」

言ってしまってから自分を殴りたくなった。そんなこと言ってどうする。先輩は本の処遇を気にしてるわけじゃない。ただ、幾原先生のことを思い出してしまっただけだ。こんな気づき一つで僕らの図書館の妄想はあっという間に水泡の中に沈んでしまう。

先輩の目がたまった涙で溶け、砕け、滴《しずく》になって頬を伝い落ちた。

「……ごめんなさい。……柚木くん、ごめんなさい」

見当識の激しい混濁が僕を襲った。

この人はだれだ？　なにを言っているんだ、どうして僕に謝っている？

この場所はどこだ？

汗をかいた紙コップがふと手の甲に触れ、冷たさが僕を現実のマクドナルド店内に引き戻す。

「ごめんなさい。ほんとうにごめんなさい」

先輩の声は涙といっしょにぼたぼたとテーブルに落ちて沼をつくる。周囲の客の視線を首筋や耳の裏に感じる。

先輩は僕に謝っているわけじゃないのだろう。謝る理由がない。

もちろん幾原先生に対してでもなければ彼の家族に対してとかでもない。自分自身にでもない。それじゃあこの絞り出された胃液と胆汁のにおいのするおぞましい言葉はいったいだれに浴びせられたものなのだろう？

答えはなかった。先輩は立ち上がり、鞄にタブレットを突っ込んで肩にかけると、最後にもう一度だけ「ごめんなさい」とつぶやき、早足で階段に向かった。下りていく足音を聞きながら、僕は振り向くことさえできなかった。

どれくらいの間、呆けていたのかわからない。

店内の時計に目をやると夜七時半だった。窓の外は真っ暗だ。

散らばったコピー用紙を集めて自分の鞄《かばん》にねじ込んだところでようやく気づく。

テーブルの上に、スマホが二つある。

僕のと、先輩が忘れていったもの。

階段口を見やる。

もう走ったって追いつけないだろうな。とっくに電車に乗ってしまっている。

僕は安物の硬いソファにべったりと背中を押しつけた。

今日のところは僕が預かっておいて明日返せば——いや、明日は学校に来ないんだっけ。じゃあ先輩に連絡して取りにきてもらうか。

電話番号もLINEのIDも知らない。というか先輩のスマホがここにあるのだからそもそも連絡できない。

顔を両手で覆《おお》い、しばらく考える。

新学期になってから渡すしかないか。

僕はスマホを二つともポケットに押し込み、店を出た。

電車内で、先輩への唯一《ゆいいつ》の連絡手段を思いつく。これまで入力してきた蔵書データはクラウドにアップしてあってパスさえ知っていればどこからでもアクセスできるのだ。私用で使うのはちょっと気が引けたけれどしょうがない。自分のスマホで蔵書データを開き、最新の一項目に先輩への私信を書く。

先輩が忘れたスマホ預かっています。明日先輩が学校に来るなら持っていきます。明日渡せなかったら新学期にまた。

なにかもう一言添えようかと思ったけれど、なにも思いつかなかった。僕はスマホをポケットにしまって目を閉じ、列車のドアに頭を押しつけてレールを踏む音を数えた。

*

そうして八月三十一日がやってくる。

アラームで目を醒《さ》ました。頭痛にも似た眠気の中、枕の下からスマホを引っぱり出して画面を見ると、午前七時。

首をねじって窓を見やる。敵意むき出しの夏の陽が、すでにカーテンの隙間《すきま》をこじ開けるようにして寝室に差し込んできている。クラウドの蔵書データを確認した。先輩からなにか返事が書き込まれてるんじゃないかと期待したのだ。でもなにもなかった。

じゃあ、今日は登校しなくていいか……。

どのみち、昨日の別れ方が引っかかっていて、今日すぐに学校で先輩と再会すると考えると気詰まりだったのだ。反応がなかったことにはむしろ安堵《あんど》していた。

こうなると、アラームを切るのを忘れていた昨夜の自分を恨む。もっと寝られたのに。でも、暑さのせいで眠気が早々に蒸発してしまった。汗で湿ったシーツが不快でしょうがないので僕は起き上がり、窓に歩み寄ってカーテンを開く。

雲ひとつない快晴だ。空の青が均一に澄み渡りすぎていて怖いほど。

三軒隣の向かい側の家の門から、制服姿の燈子が出てくるのが見えた。日焼けした肌と真っ白な半袖《はんそで》ワイシャツのコントラストが目に痛い。

僕に気づいた。

足を止め、なにか言っているので、窓を開けた。声が飛び込んでくる。

「学校行かないの？」

「……今日は行かない」

「作業終わってないんじゃなかったっけ」

なぜ知ってるんだろう。何日か前に帰りの電車でいっしょになったときに二学期に間に合わないかもしれないという話をしたせいか。

「なんならあたしが手伝おうか」

「え？　いや、いいよ。部活あるんだろ」

燈子は唇をすぼめ、スポーツバッグを肩に掛け直した。なにか言おうとしたけれど、けっきょくそのまま駅の方へと向かう。

僕が顔を引っ込めて窓を閉めようとしたときだった。ぞっとする激突音が外から聞こえてきて僕は身をすくめ、また窓から身を乗り出した。

すぐそこの民家の塀に、青い車体の小型トラックが正面からめり込んでいた。その手前にへたり込んでいる燈子の姿を見つけ、僕は部屋を飛び出した。

サンダルを突っかけた僕が走り寄っていくと、燈子は後ずさりながらも立ち上がった。脳が溶けて耳の穴から流れ出しそうなほど安堵した。見たところ怪我《けが》もない。

「……びっ……くりした……」

燈子はそうつぶやきながら足下に投げ出されていたバッグを拾う。

車の方を見やると、バンパーが大きく凹《へこ》み、ヘッドライトも割れている。塀は派手にえぐれて瓦礫《がれき》が道路に散らばっていた。

運転手がステアリングに突っ伏して後ろ髪と耳しか見えなかったので、気を失っているのだろうかと一歩近寄ると、いきなりがばと顔を上げてダッシュボードに拳《こぶし》を叩《たた》きつけ、いらだたしげになにか言った。窓ガラス越しなので言葉は聞き取れなかった。タールのような顔色をした五十代くらいの男だった。ごま塩頭に野球帽をかぶりなおすと、いきなりエンジンを噴かせる。僕も燈子も驚いて跳び退《の》いた。

車体が塀の凹みから引き抜かれる。

小型トラックはバックで通りに戻ると、そのまま国道方面へと走り去った。

あっけにとられて見送っていた燈子は、トラックが角を曲がって見えなくなったところで我に返る。

「逃げた！　弁償！　警察！」

動転しているのか文章になっていない。

やがて塀を凹まされた家の玄関が開いておばさんが飛び出してくる。青い顔をしてこっちに駆け寄ってきて怪我はないかとしつこく訊《たず》ねてくる。燈子が肘に軽い擦り傷をつくっていた。

警察が来るのを待つ間、考える。

巻き戻すべきだろうか？

被害は民家の塀と、燈子の左肘だけだ。大事をとって燈子が部活を休まなければいけなくなった。

でもそれしきを回避するためだけに昨日に戻りたくはない。なんといっても、今から十二時間前というと昨日の午後七時から八時の間。純香先輩とマクドナルドにいた頃だ。あれをもう一度体験するなんてまっぴらだった。

駆けつけた制服警察官に事情を話し終えると、僕は自分の部屋に戻った。今日は一日ずっとクーラーの効いた部屋にこもっていよう。

昼寝の最中に耳元でスマホが震えた。

道永先輩からの着信だった。通話に出る前に、ぼんやりした目で時刻を確認する。

午後四時か。

だいぶしっかり寝てしまった。Tシャツが汗で胸にべったり張りついている。

受話器アイコンをタップした。

『柚木君？　学校来てないよね？　家？　今から来てくれるかな』

「え？　……いや、はあ、今日はちょっと調子悪いんで家にいようかなって」

『久米沢先輩が殺されたんだよ』

僕はいったんスマホを耳から離し、画面をしばらく見つめ、電話の相手が道永先輩であることを三回くらい確認した。それから部屋を見回す。

純香先輩が——なんだって？

もう一度スマホを耳にあてた。

『死んでるの。校舎裏。今すぐ来て』

## 5

学校に着いたときには、警察官の一団が校舎裏のその一角に密集してブルーシートを張り巡らせようとしている最中だった。夏休み中とはいえかなりの数の生徒たちが集まってきており、教員が嗄《しゃが》れた声を張り上げて追い払おうとしていた。

でも、見えてしまった。

たっぷりと血を吸って黒く染まった地面の上に、蔓根《つるね》のように広がった髪。顔はちょうど警察官の背中に隠れてよく見えなかった。でも彼が腰を上げた一瞬、耳の形だけが見えた。

それでじゅうぶんだった。

道永先輩の言葉をまざまざと思い出す。完璧な耳の形。音を聴くための器官とは思えない。その通りだった。『作品』がそこに落ちている、という感じがした。凶暴なまでに鋭い陽光が、日陰といっしょにその『作品』のとても大事な部分をえぐり取っていた。砕けて倒れて転がって砂にまみれていてもなおそれは美しいままだった。

視界で明暗が反転して、天地もぐらりと入れ替わろうとしていた。

だれかが僕の肩を押す。耳元でなにか強い語調で言う。

それからまたべつの、こちらは記憶にある声。

「――くん、柚木君！」

ゆっくりと首を巡らせる。パイナップルの葉の茂みが僕の目を刺す。

道永先輩だった。この人でもこんな青ざめた顔をすることがあるんだな、と僕は思う。

当然か。人が死んでるんだ。純香先輩が。

なんで？

道永先輩の声が僕の耳の鈍い部分を引っ掻く。あたしが見つけたときはもう……でも近づいて見たわけじゃなくて……あれって……

言葉から意味が抜け落ちてただの雑音に変わる。自分の靴底も血糊《ちのり》で地面に粘り着いているように錯覚する。

血。

大量にあふれ出して夏の陽にさらされて表面がひび割れている赤黒い沼。

広がって広がって僕の足下にまで。

ちがう。これも錯覚だ。頭がぐらぐらしてきて耳の穴から煮えた脳味噌《のうみそ》が漏れ出そうだ。錯覚。

それなら警察官たちの足の間に横たわっているあの制服姿の骸《むくろ》も錯覚じゃないか？

半袖セーラーの白に照り返された陽が僕の目を突き刺すのも、胃液が喉《のど》を這《は》い上がってくるのも、酸味の混じった錆《さび》のにおいが押し寄せてくるのも――

現実だった。

強く目を閉じてまた開いてみてもすぐそこにある光景は変わらなかった。濃い青の作業服を着た鑑識係が大きな灰色の納体袋を持ってきて広げるのが見えた。

退《さ》がっていなさい、離れて！　とだれかが僕の耳元で怒鳴り、肩を乱暴に押した。

なんで純香先輩が殺されなきゃいけない？

身体《からだ》が足下から冷えていくのを感じた。真夏の陽の下で、それはおぞましい体験だった。蟬《せみ》の鳴き声もサイレンの音も教師の怒声も道永先輩のつぶやく声も、いっしょくたの油に溶かし込まれて耳の中でごぼごぼと泡立ち、渦を巻いていた。

もう一度目を閉じた。

手のひらに感じるハンドルの冷たさを、強く握った。

*

毛布をはねのけて起きると、全身汗だくだった。

呼吸がうまくできない。肩を痙攣《けいれん》させ、むせながら見回す。

自分の寝室だ。カーテンの隙間から陽光が急な角度で床に切れ込んでいる。虫でも飛んでいるのだろうか、さっきからやけに耳障《みみざわ》りな音が断続的にずっと聞こえている。

スマホのアラームだと気づくのにしばらくかかった。

午前七時。

……二度目の、八月三十一日。

巻き戻した。ほとんど無意識にハンドルを回していた。

校舎裏の光景はまだありありと思い浮かべられる。荒い呼吸がなかなか落ち着かず、肋骨の裏側がずきずき痛む。

純香先輩が、死んでいた。

なぜ？　だれに殺された？　どんなふうに？　すぐ遡《さかのぼ》ってしまったせいで、ほとんどなにもわからない。でもとにかくここでぼうっとしていたらまた殺されるのだ。ハンドルを回したのは何時頃だったか。たしか道永先輩から電話が来たのが午後四時ちょうど。そこから学校まで四十分。現場を見たほぼ直後に巻き戻したから——真夜中の五時前に戻ったのか。眠っている最中だ。

ひょっとして全部夢だったりしないだろうか？

目をぐっと閉じて闇《やみ》の中にハンドルを探してみる。ない。金属の手触りがどこにもない。よく知っている感覚。巻き戻した後の、無防備な十二時間だ。

なにもかも、夢じゃない。

だとすれば動かなければ。一秒も無駄にできない。ベッドから下りて制服に着替え、部屋を出ようとしてはっと思い出す。そういえば昨日すぐそこの道路で事故があったのだった。トラックが民家の塀に突っ込んだ。燈子の目の前で——

あわてて窓に飛びつき、開いた。

ちょうど燈子が道路に出てくるところが見えた。

「燈子！」

大声で呼ぶと燈子は跳び上がってこっちを見た。

「な、なに？」

「ちょっと待ってて、ええと」

巻き戻し前の朝は、燈子と少し話した後で事故が起きた。燈子が表通りに向かうタイミングが少し前にずれると事故に巻き込まれる可能性がある。

「僕も一緒に学校行くから！　そこで待ってて、先に行かないで！　ぜったい！」

燈子は呆気《あっけ》にとられた顔をしている。当然だろう。でもとにかく足を止めてくれればそれでいい。僕は階段を駆け下りて家を飛び出した。

「なんなの急に」

門の前で待ってくれていた燈子は不審げに訊《き》いてくる。

「いや、ううん」

　言い訳を考える。なんでもいいんだ。

「ほら、あの燈子の絵、やっぱりちゃんと完成させようかと思って。……で、スケッチしてからだいぶ時間たってるし、もう一度モデルやってもらえないかなって」

　しょうもない嘘《うそ》しか出てこなかった。燈子は服に虫が入り込んでしまったときみたいな顔になった。

「なにそれ。あたし今日はずっと部活あるし」

「ああ、うん、いや、今日じゃなくてもいいんだけど、二学期になってからとかでも」

「なんかあったの？　なんで朝っぱらからそんな汗だくなの」

「いや、これは」

　話していると背後で大きな音がした。燈子が目を見開く。

　振り返ると、三軒向こうの家の塀にあのトラックがめり込んでいるのが見えた。

「……大事故」と燈子がつぶやく。

　近隣住民が一人また一人と様子を見に出てくる。トラックの運転席から、ジャージ姿の運転手が下りてきて両手で頭をばりばり掻いている。

　今回は逃げないのか、と僕は意外に思った。

　ああそうか、巻き戻し前は燈子が倒れて軽い傷を負っていたから、人身事故を起こしてしまったと思い込んだあの男は動転して逃げたのか。今回は塀を壊しただけだ。

それはそれでどうかと思うが、なんにしろ燈子への被害は防げたからもうあっちはどうでもいい。

「こっちの道から行こうか。急がないと電車が」と僕は反対方向を指さした。

学校に着くと、まず殺害現場に行った。

正確には殺害予定現場、と呼ぶべきか。校舎裏の、塀際に銀杏《いちょう》の樹《き》が並べて植えてあるあたりだ。今は人気もまったくない。

校舎の影で陽を避けながら、巻き戻す前に見た光景を思い出そうとする。記憶にある映像からブルーシートや警察官たちの背中をひとつずつ取り除く。

先輩はあの根元あたりにうつぶせに倒れていて、血が大きく広がっていた。

死んでからどれくらいたっていたのだろう。いくら夏休み中で人通りの少ない校舎裏とはいえ、真っ昼間からあんなに目立つ状態で人が死んでいたら、何時間もだれにも気づかれないなんてあり得ない。とすると殺されたのはどんなに早くても午後二時とかそれくらいだろう。

真っ昼間の学校で？　だれが先輩を？

思いつけるのは幾原先生だけだった。ここのところ仲がこじれていたようだし。たとえば先輩が二人の関係を奥さんにばらそうとしたとか。

僕はしゃがみ込んで頭を掻きむしった。

二人とも、そんなことをする人間には思えない。……でも、そもそも二人が男女の関係であるという時点で僕の想像の外だった。僕はあの人たちについてなんにも知らないのだ。どんなおぞましい真実だってあり得る。

幾原先生は学校に来ているんだろうか？　予定では今日は出勤日ではなかったはずだけれど。

職員室に行って確認してみると、やはり休みだ。

でも予定になくたって学校に来ることはできるし、容疑者から外れたわけじゃない。

巻き戻すのが早すぎただろうか。もう少し色々なことがわかってからにすれば。

いや、今さらそんなことを悔やんでもしょうがない。とにかくこの場所で先輩が殺されるのはたしかなのだから、止められるはずだ。

図書室で先輩が来るのを待つことにした。作業が残っていてタブレットを持って帰ってしまったのだから、登校したら真っ先に司書室に来るはずだ。そうでなくとも、図書室の窓からは正門が見えるので先輩が現れればすぐわかる。

十時を過ぎても先輩は姿を見せなかった。

不安になってくる。冷房が効いていても首筋が汗でねっとりしてくる。

今日に限って裏門から来たかもしれない。図書室には来ないかもしれない。来る前に学校のどこかで犯人に捕まって殺されているかもしれない。

図書室を飛び出してもう一度校舎裏に走った。

だれもいない。

身を二つ折りにして荒い息をつく。

待っていてはだめだ。こっちから先輩を見つけないと。

校舎に入り、三年生の教室をひとつひとつ覗《のぞ》きながら思案する。先輩に連絡をつけて居場所を訊くのがいちばん手っ取り早い。というか学校に来ないように伝えればいい。でも連絡先を知らないし。職員室で訊いてみる？　正当な理由もなしに個人情報を生徒に漏らすわけがない。

北校舎の階段裏に、白い人影を見つけた。

道永先輩だ。絵筆を口にくわえ、イーゼルに向かって腕組みして考え込んでいる。あの人は遺体の第一発見者だったはず。駆け寄り、思わず発見時の詳しい様子を訊ねそうになった。すんでのところで思いとどまる。

「柚木君。おはよ」

僕に気づいたせいで絵筆が口から落ちた。

「お、おはよう、ございます」

ぎくしゃくした返し方になってしまった。なにを言おうとしたんだ僕は。道永先輩が遺体を見つけた事実は巻き戻しで取り消されてしまったんだぞ。落ち着け。

「今日は図書委員会じゃないの？」

「ああ、いえ」

答えあぐねたところで、思い至る。彼女なら純香先輩の電話番号を知っているはず。

「久米沢先輩に電話？　いいけど」

床に置いてある無骨なバッグからスマホを取り出した道永先輩は、画面を操作してから耳に当てた。

ポケットの中で振動が始まった。僕は声をあげそうになり、ポケットに手をつっこんで道永先輩に気づかれないようにと壁際まで遠ざかった。純香先輩のスマホも僕が持っているんじゃないか。昨日マックに忘れていったやつだ。預かっていたんだった。

「……ううん、出ないね」

道永先輩は肩をすくめてスマホを耳から離した。

「なんか伝言あるなら入れとくけど」

「あ、いえ、いいんです」

「ていうか連絡先知らないのもどうかと思うね。同じ委員会で同じ部活なのに」

あらためて言われるとずしりとくる。純香先輩にとって、僕はなんでもなかったのだ。どういう関係にもなろうとしなかったのだから当たり前だけれど。

道永先輩に礼を言ってその場を離れた。

２Ｌペットボトルに水道水をたっぷり詰めると、倉庫と塀の間の狭い場所に身を隠して裏庭を監視することにした。暑さを避けるために校舎内から窓越しに見張ることも考えたのだけれど、とっさの事態に間に合わないかもしれないのでやめた。

殺人がこれから起きるのだ。あの出血量を考えれば、やはり目の前のあの場所で先輩は殺されると考えるのが妥当だ。

あと何時間か後に、僕の目の前で。

手持ちの情報は少なすぎるけれど、現場でこうして張り込んでいれば確実に止められるはずだ。

潜伏開始から十五分ほどで早くも僕は音を上げそうになっていた。

倉庫裏はまったく風が通らず、腐敗臭のする湿気がこもっていた。タールみたいな汗が出てくる。

それでもまだ日陰なだけましだ、と自分に言い聞かせてじっとしゃがみ込んでいると、昼時が近づいてきて太陽が倉庫裏にちょうど射《さ》し込んでくる時刻が訪れる。

倉庫の壁に張りつくようにして陽光を避けるのだけれど、壁は壁で午前中の熱をたっぷり吸っている。

何度も気が遠くなった。やっぱり校舎内に引っ込むか、と心が泳ぎかけ、すぐ駆け寄れる場所じゃなきゃだめだ、ほんの少しの遅れが致命的になるんだ、と自分を叱《しか》り飛ばす。その繰り返しだった。

そのうちに怒りもこみ上げてくる。

なんでこんな場所なんだ。

真っ昼間の学校で人殺しだって？　馬鹿《ばか》じゃないのか？　校舎裏で言い争いになって衝動的に殺したんだろうか。だとすればやっぱり犯人は幾原先生か。

先輩を殺させないために時間を遡ってきたはずなのに、そのときの僕はあろうことか先輩が殺される場面が一秒でも早くやってきますようにと祈っていた。肉体的苦痛は思考をたやすく塗り潰《つぶ》してしまう。スマホを確認するたびに五分しか経過していないことにすらも激しい憤りをおぼえる。

かといってなにか暇つぶしをするわけにもいかない。目を離した隙に先輩は殺されてしまうかもしれない。

ペットボトルの水はじりじり減り、汗に変わって足下の土に黒いたまりをつくった。

何度か人通りがあり、そのたびに時刻を確認、記憶する。

13：05、陸上部の男子部員四人が正門の方へと通過していった。

13：30、その同じ一団が逆方向に戻っていった。

14：18、配送業者らしき作業服姿の男性が校舎の裏口から荷物を運び込んだ。

14：52、体育教師が倉庫から台車を取り出して持っていった。

午後三時を過ぎる。

陽が角度を変え、再び倉庫裏が影で覆われる。

そろそろか。まだなのか。いよいよか。まだか？　暑さと緊張で思考が奇妙な方向にひん曲がっていくのがわかる。おかしい。そろそろ先輩と犯人が現れて兇行《きょうこう》が始まっていなきゃおかしい。なにか間違ったのか。やっぱり他の場所で殺してからここまで引きずってきたのか？　いや、道永先輩が僕に電話をかけてくる午後四時まで、まだ時間がある。落ち着け。なにひとつ見逃すな。

息を詰めて裏庭を見通していると、向こうからやってくる白い人影が見えた。

道永先輩の白衣姿だ。

あくびをしながら倉庫に近づいてくる。僕は息を止めて土に頰を押し当てるほどに身を低くした。

倉庫の錆びた金属扉が開けられる音がする。

中に入る足音。

しばらくごそごそする気配があり、足音が出ていき、扉が閉まる音がそれに続く。僕はそうっと身を起こした。道永先輩の後ろ姿が裏庭を通って遠ざかっていくのが見えた。左手に大きなバケツ、右手にはモップを持っている。

我に返って時刻を確認した。15:47。

このタイミングで、道永先輩は遺体を発見するはずだったんじゃないのか？　やっぱりおかしい。

立ち上がると視界が真っ白になって天地がわからなくなるほどの激しい立ちくらみが襲ってきた。

壁だか塀だかわからないものに手をついてなんとか倒れるのをこらえる。

倉庫裏の隙間から這い出した。噴き出す汗が倍に増える。

裏庭を端から端まで往復しながら木立や植え込みの陰をくまなく探す。ずっと見張っていたのだから、なにも見つかるはずはなかった。

四時を過ぎたのを確認したところで僕は校舎に入った。

いくぶん涼しい手洗い場の縁に腰を下ろして、考える。

起きるはずの殺人が起きなかった。僕のなにがしかの行動が未来に影響を及ぼしてしまったということか。たとえば、実は倉庫裏に隠れていたのを犯人に見られてたのでは？　それで犯人は純香先輩を殺すのを思いとどまったのかもしれない。

だとすれば目的達成、ということになる。

それでいいのだろうか。

汗と土でべたべたに汚れた手を何度も流水で洗った。どれだけ蛇口から水を出し続けていても水温はぬるいままだった。粘り着いた違和感も洗い落とせなかった。

とにかく純香先輩を捜そう。この時間、学校にいるはずだ。まだ犯人と一緒かもしれない。殺される時間が僕の行動でいくらか先送りになっただけで、危険は消えていないかもしれないのだ。

北校舎二階、職員室の前までやってきたとき、中がやけに騒がしいのが気づいた。

「……んとうですか？　うちの？　久米沢？　三年の？」

教員の怒声に近い声が聞こえる。久米沢？　純香先輩のことか？

ドアを開けて走り出てきた司書の堀川先生と真正面からぶつかりそうになった。

「柚木君っ？」

先生は焦《あせ》って引きつった声をあげる。

「なにかあったんですか、あの、純香先輩に」

「え、ああ、ええと」

言いよどむ先生の背後で、べつの男性教員が受話器を肩と耳に挟んでがなっている。

「警察？　いやなんでそんな勝手に、ああいや、そりゃそうですが、しかしね！」

血が冷えていくのがわかった。

警察。

堀川先生の顔に目を戻す。青ざめている。

僕の目つきがよほど危うかったのか、それともどうせ隠し通せはしないと判断したのか、先生はあきらめたようにまつげを伏せた。

「……久米沢さんが、……亡《な》くなったって。……その、いま電話で連絡来たばっかりで、まだよくわからないんだけど、……事故かなにかに巻き込まれたみたいで」

「場所、どこですか」

僕の声は震えてさえいなかった。

「中央図書館から電話あったの」

すぐに階段へと走った。


中央図書館とは、いつか一度行ったことのある、同じ市内にある四階建ての大きな市立図書館だ。先輩とも遭遇した。二度目がこんな形になるなんて。

電車を使っても高校から三十分。林の中の図書館が見えてくると、パトカーや警察官の夏服の背中もいくつも目に入る。

蟬の声が降りしきる中を走り、駐車場とつながった正面広場に出る。

人だかりができているのは建物の裏手に続く狭い道だった。純香先輩が教えてくれた、森の中の図書館を眺めることができる場所。

でも僕の視界はすぐにブルーシートで遮られる。大勢の大人たちが林の中で動き回っている。中の一人が僕に気づいて、離れるように厳しい声で言う。クリーム色のパンツスーツを着た、若い女性の、たぶん刑事だ。

「あの、なにが」僕は食い下がった。「学校に電話あって。殺されたって」

「あなたは生徒さん？　とにかくここは来ちゃだめ」と女性刑事。

「久米沢――純香さん、ですか？　あの、ぼく同じ部の後輩なんです」

刑事の表情がわずかに曇った。

「たぶん明日、学校の先生から説明があると思いますから。今は家に帰りなさい。ここではなにも話せないの」

優しく諭す言い方に変わった。僕は確信する。あのブルーシートの向こうに倒れているのはやっぱり純香先輩だ。

なぜ？

学校で殺されるはずじゃなかったのか？　どうしてこんな場所に？　僕のどの行動が未来を変えてしまったんだ？

　思案している僕に、刑事は「いい？　今日は帰りなさいね」と念を押してブルーシートの方へと戻っていこうとする。

　彼女の足が止まった。

　振り向いたその顔は疑念に歪《ゆが》んでいる。

「殺されたってだれに聞いたの？」

　僕の喉がきゅうっと縮こまった。まずい。殺されたことまでは学校に伝えていなかったのか。本来僕が知り得ない情報。

　疑われている。

「詳しい話、聞かせてくれない？　ここは暑いし、館内で」

　刑事が歩み寄ってくる。

　背中に汗が噴き出す。どう説明すればいい？　なんとか勘違いや聞き違いってことにできないか？

　いやだめだ、僕はもうほんとうに知ってしまっているのだ。警察官に問い詰められれば絶対にぼろが出る。

　かといって正直に話すわけにもいかない。

　巻き戻すしかない。

　もう十二時間たっている。やれる。

でも、どうせ巻き戻すなら――

僕は女性刑事の脇《わき》をすり抜けてブルーシートに突進した。虚を突かれた彼女が一瞬遅れて声をあげる。

「止まりなさいッ」

気づいた他の警察官もこちらを向く。でもまさかいきなり現れた高校生がそんな無茶をやるとは思っていなかったのだろう。

とっさに伸びてくる腕も躱《かわ》せた。

ブルーシートをまくり上げて向こう側に転がり込んだ。

地面に屈《かが》み込んでいた鑑識係たちが一斉にこちらを向く。

「なんなんだ！」

「押さえろ！」

「おいおまえ、ふざけてんのか！」

警察官が僕に殺到し、土の上に踏みつけられ、腕を背中側にねじり上げられた。

それでも僕は、樹の根元をにらみ続けた。

先輩の身体はなかった。

とうに運ばれてしまっていたのだ。ただ、土にも染み込みきれないほど大量に広がった血の痕《あと》は見てとれた。

どんな殺され方をしたらこんなに血が出るんだ？

警察官が僕の耳元でなにか怒鳴っている。無視して目を閉じ、ハンドルの感触を闇の中に探った。

*

振動が頭痛といっしょになって脳に突き刺さった。

枕の下からスマホを引っぱり出してすぐに止める。頭の角度を変えるだけですさまじい目眩《めまい》がやってくる。身体にまとわりついてるのはもはや眠気ですらなく、深淵に引きずり込もうとしているたくさんの手だ。

自分の部屋。カーテンで遮られた朝陽。

……三回目の八月三十一日、午前七時。

ひとつずつ思い出して現状を把握する。

今にしてみればアラームを切り忘れていてほんとうによかった。切っていたら昼頃まで寝こけていていくら巻き戻してもほとんどの時間を無駄にしていたかもしれない。

制服に着替えながら、巻き戻す前のことを思い出す。

先輩が殺されるのを止められなかった。

学校の裏庭で待ち構えていたら全然ちがう場所で殺されたのだ。市立中央図書館。なぜあんなに離れたところで？

そうだ、ぼうっと考え事をしていてはいけない。燈子がトラック衝突に巻き込まれてしまう。

着替えを済ませた僕はすぐに家を出た。

門の前で待っていると、玄関から出てきた燈子は目を丸くした。

「どうしたの啓太」

「ああ、うん、いや、たまにはいっしょに行こうかと思って」

それとなくいつもの道と反対方向に歩き出す。少し遠回りになるけれどいずれにせよ駅に向かう大通りに出られる。

「なんでそっちから行くの」と燈子に当然訊かれる。でもついてきてくれるのでひと安心だった。

「こっちの方が駅まで近道じゃない？」

「そんなわけないでしょ。信号も多いし……」

そんなことを話しながら通りに出て横断歩道を渡ったとき、自宅の方角から遠く衝突音が聞こえてきた。燈子は足を止めて振り返る。

「……事故かな？」

「……かも」

被害が大きくなっていませんように、と僕は祈った。前回は塀と車が凹んだだけで運転手すらも無事だった。その結果が変わるほどの行動変更はしていないはずだし、大丈夫だと思いたい。

電車内でようやく考える時間がとれる。

なぜ殺害現場が学校から図書館に変わってしまったのか。僕のどの行動が変えてしまったのか。

裏庭に潜伏していたのを犯人に見られた。だから殺害場所を変えられた。

まず思いつくのがこれだ。でもよく考えてみると色々とおかしい。

僕の姿を見て殺すのをやめる、ならわかる。場所を変えて殺す？　衝動的な殺人じゃなかったのか？　あんなすぐに見つかるような学校の裏庭で殺していたのに、計画的だったっていうのか？　隠れている僕を見つけられるほど周囲に注意を払っている犯人なら、そもそも真っ昼間の学校なんかで殺さないのでは？

そこでふと思い至る。

道永先輩なら。

朝から僕の姿を見ている。

僕が純香先輩を捜していることも知っている。

本来は純香先輩が学校に来たところで殺す予定だったのを、僕の目が気になったので、純香先輩がいる図書館に自分から出向いて殺した……。

馬鹿か。なに考えてるんだ僕は？　なんで道永先輩が？

よほど挙動不審だったのか、隣で吊革《つりかわ》につかまっている燈子が訝《いぶか》しげな目でこっちを見る。

だいたい道永先輩はずっと学校にいたじゃないか。どうやって図書館にいる純香先輩を殺して——

ああ、いや、ずっといたかどうかは確認していない。僕は裏庭を見張っていたのであって道永先輩を見張っていたわけじゃない。片道四十分としても、図書館に行って純香先輩を殺して学校に戻ってくることは可能だ。

でも、理由は？

まさか血に沈んでいる美しい死に姿を写生したいからとか？　我ながら馬鹿馬鹿しい考えだった。

高校最寄りの駅で降りると、寄るところがあるから、といって燈子と別れた。

いつものマクドナルドに入ってアイスコーヒーを買う。

僕の監視が犯人の行動予定を変えてしまったのであれば、僕が学校に顔を出さなければ初回通りのことが起きるはずだ。

妄想じみた道永先輩犯人説はひとまず置いておこう。あの人がただの第一発見者だとすると、二回目の見張り結果から考えて、犯行は14:52（体育教師が倉庫に台車を取りにくる）から15:47（道永先輩が倉庫にバケツとモップを取りにくる）の間に行われることになる。

だから今回の張り込みは午後二時五十分頃から始めよう。

だいぶ時間があったので家で待っていてもよかったのだけれど、道中なにかトラブルがあって犯行時間に間に合わなかったら最悪なので、学校の近くで時間を潰すことにしたのだ。

しかし、なにもすることがないのは酷暑の中での監視とはまたべつのつらさがあった。ろくでもないことを次から次へと考えてしまう。

昨日の——そう、八月三十日はまだ昨日なのだ——純香先輩の涙の意味。どうして僕に謝ったのか。幾原先生とはどうなったのか。なぜ殺されなきゃいけないのか。ほんとうに幾原先生がやったのか。

僕に、なにかできることはなかっただろうか。

首を振り、紙コップの中の小さな氷の粒をストローの先でつつき回した。

僕の人生に後悔なんて存在してはいけないのだ。悔やむくらいならやり直せばいい。何度でも。手遅れだったとしたら、やり直さなかった僕が１００％悪いのだ。

なにか食べて気を紛らわせようかと思ったけれど、朝食も摂《と》らずに出てきたはずなのに空腹をまったく感じなかった。

しかたなく、持ってきていた『黒後《くろご》家《け》蜘蛛《ぐも》の会』を開く。ミステリのショートショートならこんな心理状態でもなんとか読めるんじゃないかと思っていたけれど、甘かった。まったく内容が頭に入ってこなかった。最初の一篇をむなしく四回繰り返して目で追ったところであきらめて本を閉じた。

一時間おきくらいにドリンクを買って飲んだ。胃袋がふやけてしまいそうだった。

ようやく二時四十分になる。

マクドナルドを出ると、厚ぼったい熱気が僕の身体を押し包む。早足で学校へと向かった。

高校は寺に隣接している。墓地にこっそり忍び込み、塀をよじ登って校舎裏に入ることにした。犯人に気づかれる可能性を少しでも減らしたかったのだ。だれにも見られずに倉庫と塀の隙間に潜り込めたはずだった。

日陰に着地し、息を殺してしゃがみ込んだとき、ちょうど、体育教師が台車を押して校舎の方へと遠ざかっていくのが見えた。

　これで、あと一時間のうちに、僕の目の前で殺人が起きる。

　昂揚《こうよう》している自分に気づく。唇の端に引っかかる汗は電気の味がする。だれが、どんなふうに純香先輩を殺そうとするのか。やっぱり幾原先生か。二人は一緒にここに現れるのだろうか。それとも待ち合わせするのだろうか。あるいは偶然顔を合わせるのか。殺意に至る前にどんな言葉が交わされるのか。

　うまく止めに入ることはできるだろうか？

　僕はその瞬間を期待していた。そう表現するとまるで先輩の死を望んでいたみたいだけれど、実際そういう側面はたしかにあった。先輩を助けたいという気持ちと、真実を知りたい、この目で見たい、たしかな死を感じたい、という気持ちはない交ぜのまま剝《む》き出しになって夏の陽に炙《あぶ》られていた。

　でも、その瞬間は訪れなかった。

　頭が煮えかけて思考が鈍り、裏庭の砂地が照り返す陽で目もさんざんに焼かれ、時間の感覚も薄れてきたところで、白いものが視界の端に現れる。

　白衣姿だ。校舎の向こう端からこちらへ歩いてくる。

　道永先輩。

　スマホに目を落とした。

　15:47。

僕は倉庫裏から飛び出して正門に走った。道永先輩が驚いて立ちすくむのがちらと見えたけれど気にしていられなかった。

駅への道の途中で思い至ってタクシーを止めた。金なんていくら使ったっていいのだ。どうせ全部なかったことになる。

市立中央図書館に向かう道中で行く手の彼方にサイレンの音をかすかに聞いた。

図書館前にはすでに二台のパトカーが駐《と》められ、裏の林に続く道には警察官の後ろ姿がいくつも見えた。林の奥にブルーシートが張ってあるのもわかった。

でも前回より三十分以上早く着いている。だから賭《か》ける価値はあった。

僕は警察官の一隊を迂回《うかい》して木々の間を抜け、ブルーシートに駆け寄った。怒声が背中にも首筋にも突き立てられた。

かまわずシートをめくって内側に転がり込む。

純香先輩は穏やかな顔で目を閉じていた。

土の上に横たわり、首をこちら側に向けている。

頬も夏服の襟も髪も黒ずんだ血だまりに浸っている。首から胸元にかけてもどっぷりと紅く濡《ぬ》れている。

首。首が――

喉のあたりが、裂けているのがかろうじて見てとれた。

おい、なに考えてるんだ、わからないのか、立ち入り禁止だ、と警察官が口々に怒鳴る。声は意識の膜の向こうでむなしく響くばかりで、降りしきる蝉の声とほとんど区別がつかない。

僕はかまわず、肩や襟首をつかんできた腕を振りほどき、地面に膝《ひざ》をついて先輩の身体へにじり寄ろうとする。

羽交い締めにされ、進めなくなる。

もっと。もっと近くで、死んでいる先輩を見たい。土と同化しつつあるような鈍い色に染まったその肌を間近で観察したい。血のにおいを強く感じたい。傷口の深さをたしかめたい。

先輩の左手がだらりと開かれ、握られていたものが見えた。

図書館の貸出レシートだ。8／31　14：10と発行日時が印字されている。

ついさっきだ。先輩が最期《さいご》に借りた本の題名は握りつぶされた部分に隠れて読めなかった。紙を延ばして読もうと手を出したとき、僕は肩をつかまれ、乱暴に土から引き剝《は》がされた。

そのまま引きずり起こされ、ブルーシートが視界を遮る。

警察官たちは僕を取り囲み、言葉を浴びせてきた。思考を遮断して閉じこもっていた僕はもうなにを言われているのかもよくわからなかった。

なぜ。なぜ。なぜ。頭《ず》蓋《がい》骨《こつ》の内側で自問がこだまする。

待ち伏せを見られてはいないはずだ。殺す場所を変更する理由はないはずなのに。

なぜ。

押し込まれたパトカーの後部座席で身を丸くして目を閉じ、暗闇の中にハンドルが現れるのをじっと待った。

# 6

四回目の八月三十一日はアラーム前に目を醒《さ》ました。

身を起こそうとしたとたんに頭蓋骨と胃袋の中で二つの風船が同時に膨らんだかのような痛みが生まれて、僕はベッドから転げ落ちた。シーツの端をつかんでえずくけれど、酸《す》い吐息しか出てこない。昨日なにも食べずに寝てしまったからだ。

スマホを見る。午前六時過ぎ。

気を張っていれば、目を醒ます時間ごときは自分の意志で変えられるのだ。でも普段よりも頭痛と吐き気の強まりが激しい。ただでさえ三回連続で巻き戻すなんて滅多にやったことがなかった。

芋虫のように床の上をのたくりながら、痛みが通り過ぎるのを待つ。これじゃ一時間早く起きたところで動ける時間は増えるどころか減ってしまう。

涎《よだれ》まみれの顔を床にこすりつけながらなんとか立ち上がり、一階に下りてシャワーを浴びる。

まだ家族はだれも起きてきていない。

冷蔵庫のペットボトルに半分ほど残っていた水を飲み干し、自室に戻って巻き戻し前のことを反芻《はんすう》する。

僕が学校に顔を出さなくても、けっきょく殺害場所は図書館に変わってしまった。

なぜ？　わざわざ墓地から塀を乗り越えて校内に入ったのに、それでも犯人に気取られてしまったっていうのか？

いや、そうだとすると、おかしい。

純香先輩は14：10に図書館で本を借りていた。僕が学校に乗り込むはるか前の時点ですでに図書館にいたのだ。

犯人が僕を学校で見かけて、学校で殺すのをやめて純香先輩を伴って図書館に移動した、という仮説は成り立たなくなる。

そうか、つまり――

行動を変えたのは犯人ではなく純香先輩なのか。

初回の純香先輩はずっと学校にいた。だから犯人も学校で殺した。

二回目、三回目の先輩は図書館に行った。だから犯人も図書館に行って、殺した。

すっきり筋が通っている。問題は、なぜ先輩が居場所を変えたのか、だ。初回も三回目も僕は殺害時刻近くまで学校に顔を出していないのだ。なにがどう先輩の行動に影響を与えたっていうんだ？

スマホが震え、僕は跳び上がりそうになる。

アラームだった。もう七時になってしまったのか。せっかく気合いで稼《かせ》いだ一時間も、ぼうっと考え事をしているだけで過ぎてしまった。燈子が事故らないように引き留めないといけない時刻だ。

立ち上がって窓に歩み寄ったとき、気づく。

燈子だ。

燈子の行動が変わっている。

初回の彼女はトラックの事故に驚いて倒れ、膝を擦りむき、大事をとって部活を休んで病院に行っている。登校していないのだ。

二回目と三回目は、僕が介入して事故に巻き込まれないようにしたから、朝から学校に行っている。

とすると——こんな仮説が成り立つ。純香先輩も朝から学校に来ていて、燈子と顔を合わせて、なにか話を聞いたりして学校に留まるのを断念し、図書館に向かった。死んでいた先輩が制服姿だったのは、いったん登校した証拠だ。

燈子からどんな話をされれば学校にいる理由がなくなる？

ちょっと思いつかない。二人は美術部を通じて面識があるから顔を合わせればなにか話をしてもおかしくないだろうけれど。

共通する話題というと——僕のこと？

そう、たとえば僕も学校に来ていることを燈子が純香先輩に伝える。昨日の件で気まずくて僕と逢《あ》いたくない先輩は図書館に行ってしまう。

一応の辻褄《つじつま》は、合う。

僕は家を飛び出した。道路に出てきた燈子をつかまえる。

「なに。どうしたの」

肩で息をしている僕を燈子は露骨に不審がっている。とにかく学校に行かせないようにしなければ。どうやって？

「ええと、あの、……燈子、宿題終わってる？」

とっさに口をついて出てきたのはそんな言葉だった。

「当たり前でしょ。今日で休み終わりだよ？」

あきれ顔で燈子は答えた。

「僕、数学がわかんないとこ放置してたからだいぶ残ってて……よかったら写させてくれないかなって……」

我ながら情けない口実作りだった。輪をかけて情けないことに宿題が終わっていないことはまったくの真実だった。

「写しちゃだめでしょ。自分でやらなきゃ」

「あ、うん、そうだよね」

だいたい、写すんだったらノートを借りるだけで事足りるから燈子を引き留める口実にはならないじゃないか。

燈子は不機嫌そうに唇をすぼめて逡巡《しゅんじゅん》してからまた口を開く。

「自分でやるっていうなら、わかんないところは教えるけど」

「え？　いや、いいよそんなの、部活あるんでしょ。ひとりでやるよ」

なんで断るんだよ、と胸中で自分を罵《ののし》る。わざわざ口実を向こうから作ってくれたんじゃないか。乗っかっておけばいいのに。

「ひとりでできないから今日までほっといたんでしょ？」

「う……そう、だけど……」

「自主練だし一日くらい休んでもべつにあたしは大丈夫」

じゃあよろしく、と言って頭を下げる僕は罪悪感でいっぱいだった。

「あたしの部屋来る？　啓太の部屋？」

「うち今すっごい散らかってるから、悪いけど、お邪魔します」

気を遣わせすぎて申し訳ないので、家の冷凍庫からハーゲンダッツを土産として持っていった。たしか父が買ってきて楽しみにとっておいたやつだったはず。あとでこっそり買い足しておかなければ。

燈子の部屋にあがるのはいつ以来だろうか。小学生の頃はよく遊びにいっていたのだけれど、中学に入って燈子が水泳を本格的に始めてからはそんな機会もなくなってしまった。久しぶりだったけれど全然変わっていなくて安心した。トトロとポケモンのぬいぐるみで埋め尽くされた趣味全開の部屋だ。

燈子のお母さんにも大歓迎されてしまう。

「けいくん、うち来るのしばらくぶりね。お昼も食べてく？」

「い、いえ、昼くらいには終わるはずなので」

「お母さんはかまわなくていいから。飲み物も自分でやるから」と燈子は鬱陶《うっとう》しそうに母親を追い払う。

燈子の教え方がこれまた丁寧で、だましたような形になってしまった僕としては申し訳なさが極まってくる。こうしている間も純香先輩が死に一歩また一歩と近づいているかと思うと因数分解だの２次関数だのに脳味噌《のうみそ》を集中させられないのだけれど、昼までに一区切りつけて学校に向かわなければならないのだ。真面目《まじめ》にやらないと。

なんとか一ページ解き終えたあたりで気づく。

こんな面倒な嘘をついてまで燈子を引き留めなくても、一緒に登校して、燈子に口止めしておけばよかっただけでは？　純香先輩に逢っても、僕が学校に来ていることは伝えないでくれ、と。

それから僕の方も学校に着いてすぐに純香先輩を捜し回ればいい。考えてみれば二回目も三回目も僕は学校で先輩を見つけようとはしていないのだ。

しかし、宿題はまだたっぷり残っている。自分から頼んでおいて途中でやめてやっぱり学校に行こうなんて言い出すのも燈子に失礼だ。最後までやろう。どのみち、僕の仮説が正しければ先輩はまだ学校にいるはず。初回がそうだったのだし、今のところ初回と同じ行動をなぞっているのだ。僕も燈子も学校に行っていない。このまま僕がここでぼんやり午後まで過ごしていれば、先輩は校舎裏で血だまりに沈むはず。

午後二時ちょうど、全問解き終わった。

「ほんとありがと。助かった」

僕はノートとテキストをまとめて立ち上がった。

「今から学校行くの？」と燈子は眠そうな目で訊いてくる。

「え？　う、うん」

「じゃ、あたしも行こうかな。今からでもけっこう泳ぐ時間あるし」

家に帰って急いで制服に着替えると、燈子と一緒に駅に向かった。

「なんかあったの？」

電車内で燈子に訊かれるので僕はぎくりとなる。

「なんか、って？」

「知らないよ。あたしが訊いてるんだよ。顔死んでるし」

三度の《巻き戻し》の後なのだ。さぞかしひどい顔だろう。

「図書委員会の仕事が全然終わってなくて」と僕は答えた。まったくの嘘でもない。

「久米沢先輩は？　受験生だからもう委員会とかやってられないか」

「うん、まあね」

純香先輩の話が出たので、僕はついでに訊《たず》ねようとした。

「あのさ、燈子、純香先輩に昨日――」

質問を途中で呑《の》み込む。

燈子が純香先輩に逢った（かもしれない）のは昨日じゃない。巻き戻してしまった今日だ。危ない、感覚が鈍っていてわけのわからないことを訊いてしまうところだった。

「純香先輩に今日これから学校で逢ったら、僕にＬＩＮＥしてくれないかな。用事があるんだけど僕あの人の連絡先知らないんだ」

燈子は目をしばたたいた。

「……あれだけしょっちゅう一緒に色々やってて連絡先も知らないの？」

道永先輩が攻撃してきたのと同じ場所をまたえぐられた。ほんとうに痛い。

「まあいいけど、あたしプールに直行だからたぶん逢わないと思うけど」

「うん、もし逢ったらでいいから」

そう、燈子は二回目も三回目もずっとプールにいて、純香先輩と接触する機会なんてほとんどなかったはずなのだ。朝一の更衣室に向かう途中、くらいしか考えられない。だとすると僕の仮説はちょっと怪しくなってくる。胸がざわついてきた。

いや、なにが影響したにしろ、ここまで初回通りにやってきたんだ。今回はなにも変化がないはず。少なくとも純香先輩は校内にいる。見つけて張りついていよう。

学校に着いたのは二時四十五分だった。燈子と別れてすぐに校舎端の階段に向かう。道永先輩はイーゼルの前で腕組みしていた。階段裏にいると確認するだけのつもりだったのでそっと立ち去ろうとしたのだけれど、目ざとく気づかれてしまう。

「あれ、柚木君。おはよう」

道永先輩は筆の柄で頭をこりこり掻《か》いた。

「学校来てたんだ？　図書委員？　たいへんだね。美術部やってるひまなさそう？」

「あ、はい、ええと、さっき来たばっかりで、だから」

しまったな、と思った。未来に影響が出ないように、なるべく他の人とは接触を持たないようにするつもりだったのに。

次の道永先輩の言葉で僕は愕然《がくぜん》とする。

「そうなんだ。久米沢先輩さっき帰っちゃったみたいだよ。入れ違いだね、残念」

「……帰った？」

「うん。校門出てくの見た」

「い、いつですか」

無意識に、道永先輩へと詰め寄っていた。

「さあ。いつって言われても。三十分……？　とか、それくらい、もうちょい前？」

「あの、ええと、どこに行ったかわかりますか」

「どこに、って？　帰ったんでしょ？　いや、知らないけど。見かけただけで喋《しゃべ》ったわけじゃないから」

僕は踵《きびす》を返して玄関口へと走った。

校門を出てすぐにやってきたタクシーを停める。

冷房の効きすぎた車内でシートベルトに爪《つめ》を立てて縮こまりながら、必死で考えた。なぜ未来がまたも変わった？　純香先輩はどこに行ったんだ。家に帰ったのならそれでいい。でも行き先が図書館だったなら。

目的地が近づいてきても、前回のようにサイレンが聞こえてこなかった。聞こえるのは自分の心臓の音ばかりだ。林の中を分け入っていく図書館への上り坂にもパトカーや救急車は見えない。広場に着き、料金を払って車を飛び出した。横殴りの強烈な午後の陽光を手で遮りながら建物の裏手に走る。ブルーシートも警察官の姿もない。ようやく殺しを防げたのか。あるいは他の場所？

どちらでもなかった。

建物と木々の影が陽を遮り、僕を包んだ。汗が噴き出してきてまぶたの間にも入り込み視界をぼやけさせた。

手の腹で目を拭《ぬぐ》い、もう一度それを凝視する。

ひときわ太い楢《なら》の木の根元に、純香先輩は仰向けに倒れていた。横に傾いた顔に木洩《こも》れ陽が落ちて生白い肌を灼《や》いていた。喉の傷は顎《あご》の関節のあたりから鎖骨の間のくぼみに向けて斜めにざっくりと開いていて、夏枯れの下草に広がった血の色は、前回見たときよりもいっそう鮮やかだった。においもあまりしない。美しさすら感じた。

僕が――今回は、第一発見者か。

死んで間もないからまだ血も新しくて、目を閉じた顔もわずかに生気の名残があって穏やかで……いや、というか、これはまだ生きているのでは？　今すぐ救急車を呼べば助かるのでは？

ポケットのスマホをまさぐろうとして、やめた。

無理だ。まだ息があるとしても助かるわけがないし万が一助かったとしても重篤な障《しょう》碍《がい》が残るかもしれないしだいたいこんなのどうせ巻き戻すのだ。

なかったことにするのだ。

蝉時雨《せみしぐれ》が重たく肩や首にのしかかってくる中、僕の心は冷え冷えと昏《くら》くなっていく。

なぜこんなことになっているのか、わからない。もう三回も失敗した。やることがみんな裏目に出る。たぶん次も失敗する。

そのたびに巻き戻すしかない。

いま必要なのは情報だ。警察や救急車を呼んでいる場合じゃない。せっかく第一発見者なんだぞ。調べなきゃ。

兇器はあっさり見つかった。少し離れた場所に、彫刻刀が一本落ちていたのだ。刃も柄も血まみれだったけれど、金文字の銘が入っているのはかろうじて見て取れた。

見《み》憶《おぼ》えがある。

美術準備室で見せてもらった。

幾原先生に。

それじゃあ、犯人はやっぱりあの人なのか。たまたま携帯していた彫刻刀で衝動的に殺してしまったということか？　計画的な殺人ではないだろう。計画しておきながら、普段から使っている自分の美術道具で殺してしかも現場に捨てていくなんて、そこまで間の抜けた人だとは思えない。

計画的だとしたら、べつのだれかが犯人で、幾原先生に罪をなすりつけようとしている可能性もある。二人が男女関係にあると知っている人物だろう。そうでないと幾原先生に純香先輩を殺す動機があるなんて思い至らないはずだから。それって——

僕は頭を振って思考を中断した。今は情報をひとつでも多く拾い集めるべきときだ。考えるのは後でいくらでもできる。

純香先輩の右手のそばには白いハンカチが落ちていた。血をたっぷり吸っていて柄が判別しづらかったけれど、以前見たことがあるから先輩の持ち物だろう。左手にはなにか紙切れを握っている。こちらは血で汚れていないようだ。

そっと死体に歩み寄り、屈み込んで先輩の指を開かせる。

図書館の貸出レシートだ。前回見たのと同じ。

……いや、発行日時がちがう。8／31　14：50とある。僕が学校を飛び出したのとだいたい同じくらいの時刻だ。本を借りて、すぐに図書館を出てこの林の道にやってきて、そこで殺されたのだとすると、死んでから三十分もたっていないことになる。

僕が一時間早く宿題を済ませて、学校ではなくここに直行していれば、助けられた。

そうだろうか？　わからない。僕のどの行動が未来に影響を与えているのか、いまだにさっぱり見えないからだ。

何度も未来が変わっているのに、この時間に先輩が殺されることだけは変わらない。なぜだろう。今日のこの時刻になにかあるのだろうか？　衝動的な殺人だとしたら、犯人に殺意を抱かせるようななにかが、八月三十一日の午後に起きるように宿命づけられているのだろうか。

あらためてレシートを見つめる。

借りたのは赤川次郎の『茜《あかね》色のプロムナード』と『悪魔のような女』だった。やけに先輩らしくない選書だと思ったけれど、僕はこの人のことをなんにも知らないのだと自戒する。広さも、深さも、暗さも、ほんとうになにひとつ知らなかった。

楢の木の裏側に先輩の鞄《かばん》が落ちていて、借りた本もその中に見つかった。二冊の文庫本はレジ袋で二重にくるまれていた。さらに、タブレットも鞄の奥から出てくる。

学校にこれを持ってきていた、ということは、やり残した図書委員の仕事の続きを今日やるつもりだったのだろうか。

電源を入れてみた。

ロック画面で四桁《けた》のパスナンバーを要求される。委員会の仕事で使っていたものだけれど、一応は純香先輩の父親の私物だということで先輩にしかロック解除できないようにしてあったのだ。

中を見られれば、なにか手がかりがあるかもしれないのに。

パスは、一万通り。たしか誤入力が何回も続くとデータ全消去だっけ。

でも――僕なら総当たり攻撃で突破できる。いくらでも時間を戻せるのだから。

二十通りずつ試すとして最多で五百回《巻き戻》すと考えると気が遠くなってきた。脳が割れてしまうだろう。

しかもこのタブレットに触《さわ》れるのは先輩がこうして死んだ後、死体の隣でだけなのだ。ゆっくり調べる余裕もない。

そこではたと気づく。

もうひとつ、端末があるじゃないか。

先輩のスマホだ。置き忘れたのを僕が預かっているのだ。今もポケットの中にある。昨日から先輩の手元にはなかったわけだけれど、それでも着信履歴や留守電やＬＩＮＥの履歴など、真相につながりそうな情報がたくさん詰まっているはずだ。

ポケットから引っぱり出し、電源を入れようとして指が固まる。

覗《のぞ》いていいのだろうか。スマホの中身なんてプライヴァシの極致じゃないか。

べつの自分が鼻で笑う。だからどうしたんだよ。鞄だって漁《あさ》ったのになにを今さら。そもそも死んでる人だろ。

死んでない。時間を巻き戻すのだから死んでいないことになる。でも僕が覗き見した事実は消えない。

消えないからやるんだろ。情報がとにかくほしいんだ。さっさと電源入れろよ。

自分の中でむなしい言い合いをしていると、心がどんどん冷えていくのがわかった。僕はたぶんとっくにおかしくなっているのだ。傍らに純香先輩の血みどろの死体が転がっているというのに、下世話な自問自答にかかずらっている。

時を遡《さかのぼ》るたびに逆流に洗われて人間らしい心が摩滅していくのかもしれない。

わかっていたことだ。五感で触れるすべてが、僕にとっては仮の現実だった。僕の語るありとあらゆる言葉には『どうせ』の前置きがくっついていた。

どうせロック解除なんてできないんだし、電源くらい入れてもいいだろう。

でも、電源ボタンを押した僕の目に飛び込んできたのは、パターンロックの九つのドットだけではなかった。液晶画面の最上部に、ＬＩＮＥの通知メッセージが表示されていたのだ。そう、プッシュ通知だけはロック解除しなくても読めてしまう。

今日の午前二時のメッセージだった。発信者名は《１９８ＬＡ》。

「頼むから冷静になってくれ。今日までなら届けは要らないはずだから。金はなんとかするから病院にはひとりで……」

プッシュ通知メッセージなので全文は表示されていなかった。

この発信者はだれだろう、としばらく考えてから、《１９８ＬＡ《いくはら》》だと気づく。

金？　病院？

届け、ってなんだ？

わからないことだらけだったけれど、文章からなんともいえない臭気を感じた。怒り、呆《あき》れ、苛立《いらだ》ち、恐れ、焦《あせ》り。

やっぱり幾原先生が殺したのか。

不倫関係にあった純香先輩との間になにかトラブルがあって——金というのは手切れ金のことか？　工面できなくて殺した？

立ち上がり、足下の屍《しかばね》を見下ろす。

急に、自分の皮膚の下を何千匹もの蛆虫《うじむし》が這《は》い回っているような嫌悪《けんお》感《かん》が押し寄せてきて、僕は二の腕や首筋を掻きむしった。

死体は真新しい血に濡れてこんなに美しいのに、いま読んだばかりの文章からは耐えがたい穢《けが》らわしさが指を伝って全身に広がりつつある気がした。これほど美しい人は殺される理由も美しくあるべきだ。

蛆虫の群れが背骨を伝ってどこかの虚無に消えてしまった後で、現実感が汗と一緒に噴き出してくる。日焼けした肌を掻いたせいであちこちひりひり痛む。

殺される理由に、きれいもきたないもあるものか、と先輩をまた見やる。

死体は、たしかに美しいけれど。

美しい。あり得ないくらいきれいだ。魅力的という意味でも、汚れていないという意味でも。そう、きれいすぎる。喉の裂傷以外に傷らしい傷はないし、着衣も乱れていない。抵抗した跡がないのだ。

犯人は警戒心をまったく抱かないくらいの親しい相手、ということか。

ほんとうに幾原先生なのか？

恋人だけれど、いざこざがあったようだし、あんな不穏なＬＩＮＥメッセージを送ってきたのだから先輩だってなにかしら危うさを感じ取っていたんじゃないのか。いや待て、スマホは僕が預かっていたから先輩はメッセージを読んでいない？　でもＬＩＮＥなら他の端末からでもログインして利用できるはずだし、そうだ、たしかあのタブレットでも先輩がＬＩＮＥを操作しているところを一度見たことがあるような――

「――えっ？　ぁ、な、な……」

裏返った声が背後で聞こえ、僕の思考をぶっつり断ち切った。

振り向くと、図書館の職員らしき小太りの中年女性が箒《ほうき》とちりとりを手に立っていた。眼鏡の奥の目を見開いている。

「な、あ、あなた？　な、ど、なに、そっ、それ」

彼女が凝視しているのは僕ではなく、僕の足下だった。

ほんとうに、自分でも絶望するくらい冷静になれていた。血まみれの死体の隣にひとりでいるところを見られたというのに、まったく焦りを感じなかった。ああ、この図書館職員が二回目と三回目における第一発見者だったのかな、いやそれだと時間が合わないか、なんてことを考える余裕すらあった。

「死んでるみたいです。警察、呼んでもらえますか」

言い方もぞっとするくらい事務的だった。

どうせ巻き戻す。

この現実はなかったことになる。

今はこの女性をとにかくさっさと追い払って、死体のまわりを嗅《か》ぎ回る作業に戻りたかった。心の中の暗がりを手探りしてみても、まだハンドルは見つからない。

手のひらに金属の感触が現れたのは、女性職員が図書館の方へ走り去ってからだいぶ時間が過ぎ、遠くからパトカーのサイレンが聞こえてきた頃だった。

*

五回目の八月三十一日は、目を醒ますなり吐き気が喉をどろりと浸して、あわててベッドから転げ落ちて一階のトイレに駆け込んだ。

胃液しか出てこない。頭蓋骨の継ぎ目を鑿《のみ》でこじられるような痛みがずっと続いていて、便器にしがみついてこらえた。

ようやく痛みが引いてきたので、部屋に戻って制服に着替え、すぐに家を出る。

今回はどうしようか、まったくなにも考えていなかった。

ひとまず家の前を通り過ぎようとしていた燈子をすんでのところでつかまえ、しばらく引き留める。

少したってからトラックが三軒向こうの家の塀に激突する。

燈子は顔を引きつらせてそちらを見た。

「反対側から行こうか」と僕は左手の道を指さした。

電車に乗ってからも、まだ考えはまとまらなかった。

どうすればいいのかわからない。

考え方を変えよう、と決意したのはいつもの降車駅に電車が滑り込んだときだった。

「降りないの」

プールバッグを担《かつ》いだ燈子が、吊革をつかんだままの僕を不思議そうに見る。

「ああ、うん、ちょっと寄るところがあるから。後で」

「ふうん」

他の乗客たちにまぎれてプラットフォームを階段の方へと歩いていく燈子を車内から見送った。列車が動き出し、あっという間に燈子を追い抜く。

空いた座席に身を沈め、後頭部を窓ガラスに押し当てる。

今回も先輩が殺されるのは止められないかもしれない。でも僕には、比喩《ひゆ》ではなくいくらでも時間があるのだ。《巻き戻し》を繰り返しすぎるとそのうち頭が壊れる、なんてのも悲観的な想像に過ぎない。痛みが増えていくだけで済むのかもしれない。

そのまま二駅先まで目を閉じて頭を休ませた。

駅名のアナウンスを聞いてあわてて降車する。

今回は、最初から図書館に張り込もう。

先輩が学校で殺されたのは初回だけなのだ。それ以降ずっと図書館だ。なにかものすごく些細《ささい》な変化が大きな影響を生んで、もう学校での犯行は起きないのかもしれない。今日起きることを知ってしまった以上、僕も厳密な意味では初回と同じ行動は取れないのだし。だったら、図書館を調べよう。

開館は九時からだった。

朝なので暑さはまだ耐えがたいほどではなく、開館まで図書館のまわりを囲む林を歩き回ることにした。死体があった場所をさらに奥へと分け入ると、いつだったか先輩が教えてくれた『森の中の図書館』を眺められるスポットにたどり着く。踏み分け道はその先にも続いていて、いくぶん急な斜面を下り、幅の広い車道に出たところにちょうどバス停があった。

まるで人通りがないわけではないのだ。整備された道ではないにしろ、知っている人は近道として使う通路だ。

校舎裏と同じで、殺しにはあまり向いていない場所だ。計画的な殺人ではない、という証拠だろう。

だとすると、先輩の死体に抵抗した痕跡《こんせき》がなかったのが気にかかる。

衝動的な殺人だったら言い合いで双方の感情がエスカレートして——という前段階があるはずだから、殺される側が無抵抗というのは考えづらい。あるいは犯人が先輩との会話の中で静かに静かに怒りを燃やして臨界点に達して背後から突然組み付いて喉を掻っ捌《さば》いた、という展開だったのだろうか。

ずいぶん冷静に見られるものだな、と自嘲《じちょう》する。

もう四回も純香先輩を死なせてしまったのに。

死体の様子さえ目《ま》の当たりにしたのに。

四回も死なせたからこそ、か。

感覚が鈍磨している。喉をばっくりと斬《き》り裂かれて血の海に沈んでいる横で、事務的に死人の荷物を漁り、死人のプライヴァシを覗き、死人を物体として観察さえした。

どれくらい鈍っているのかたしかめるためにも、僕はポケットから先輩のスマホを取り出して電源を入れてみた。

ロック画面の上部に、プッシュ通知メッセージが表示される。

「02:08　１９８ＬＡ　頼むから冷静になってくれ。今日までなら届けは要らないはずだから。金はなんとかするから病院にはひとりで……」

午前二時だから、《巻き戻》した時点よりもさらに前。このメッセージが打たれたことは確定事項だ。先輩を死なせて遡るたびに、僕はこれを必ず目にすることになる。

何十回と繰り返していたら、そのうちなにも感じなくなって、先輩を助けようと思う気持ちも消え失《う》せて、ようやくこの際限のない八月三十一日の繰り返しから抜け出せるのだろうか。

その結末を怖い——と思えるということは、まだ摩滅しきってはいないということだ。僕はため息をついて今の時刻を確認した。

とっくに九時を過ぎている。

館内に入ると、冷房された空気が肌にねっとりと張りついた。

ロビー正面の壁に、思いがけないものを見つけた。横幅三メートルくらいある巨大なレリーフだ。薔薇《ばら》の花と戯《たわむ》れる鳥の群れが細部まで精緻に浮き彫りにされている。素人目にも、とんでもない力作だとわかる。

すぐ下に埋め込まれたプレートには、作品名と作者名が印字されていた。

『花の舞う午後』　幾原典明《のりあき》

……幾原先生の作品だ。

そういえば依頼されて制作したこともあると言っていたっけ。

純香先輩が学校からだいぶ遠いこの図書館に通っていたのも、最初は幾原先生に自作が展示してあると紹介されて――かもしれない。そう考えると、はじめて幾原先生に対して嫌悪感がこみ上げてきた。二人の思い出の場所に呼び出して、殺したのか？

いや、予断はだめだ。とにかく情報が足りないんだ。

開館直後でも館内にはまばらに利用者の姿があった。ロビーのすぐ隣にある新聞雑誌のコーナーにはお年寄りたちが何人も群れている。

貸出カウンターの正面が文庫本の棚で、著者五十音順なので赤川次郎はいちばん手前の棚の上から二段目だった。先輩が借りていた二冊、『茜色のプロムナード』と『悪魔のような女』もいちばん手前にある。まだ借りられていないのだから当然だ。

他の棚も見て回ろうと奥に進みかけ、ふと思いつき、文庫棚を振り返る。

頭文字《あ》の著者だから端の棚で、頭文字《あ》の著作だから段の左端にあった。

これって、なんでもいいからてきとうに借りたということじゃないだろうか？

だって前回、純香先輩は僕が学校に着く三十分ほど前、つまり二時十分くらいに学校を出たという。レシートに印字された貸出時間は14:50だった。図書館に着いていきなり借りた、ということだ。まるで趣味じゃなさそうな赤川次郎を。

理由は？

たとえば、そう、図書館にいたという事実を時刻つきで証明したかった、とか。

考えてみれば死んでいる先輩が貸出レシートを握りしめていたのも妙な話だ。

犯人が殺した後でわざわざ握らせた？　他の場所で殺して図書館まで運んできたことを悟られないために、先輩の図書カードを犯人が使ってここで赤川次郎を借りて。だとすると犯人は他の場所にいたと証明できる人物？

　どうにも無理がある。

　たとえば犯人が純香先輩を拉致《らち》していたのなら、死体をもっと見つかりにくい場所に隠せばいいだけの話だ。人間一人を真っ昼間の学校や図書館に運ぶなんて、それだけで大きなリスクになる。

　あるいは、他人を犯人に見せかけようとしたのだろうか。

　幾原先生が今日の午後三時前あたりにこの図書館に来る予定があるのかもしれない。それを知っている犯人が、先生に罪を着せるため、純香先輩の図書カードを使って、先輩があたかも同じ時間にこの図書館にいたように仕組む。拉致しておいた先輩を殺し、死体を図書館裏の林に棄《す》てる。

　これは、筋が通っている気がする。

　いずれにせよ今日一日の幾原先生の行動を把握しておかなければいけないな、と思い至る。あの人がそのまま犯人だという可能性も否定はできないのだし。

　でも今回は、図書館だ。

一日じゅうここにいて、定期的に館内を巡回して、純香先輩あるいは他の知った顔が現れないか確認することに費やそう。

　巡回を始めてすぐに、犯人工作説が間違っていることを思い知らされた。防犯カメラが各所に設置されていたのだ。純香先輩のカードを使って本を借り出すなんて不審な行動はばっちり記録されて決定的な証拠となる。犯人がどうしようもない間抜けならば気づかずにやってしまうかもしれないけれど。

　歩き回っていると、医学関係の本が並ぶ一角を通りかかった。

　足が止まる。

　以前、先輩と遭遇したときは、この棚の前だった。たしかあのあたりの本を取ろうとして僕に気づいてあわてて押し戻していた。

　背表紙を目でたどり、息を止める。

　産科についての本が並んでいる段だ。

　妊娠、出産、育児……。

　僕の中でいくつもの見聞きしたことがみしみしと根を伸ばして皮膚を食い破りながらつながりつつあった。棚から四冊まとめて抜き出し、近くのソファに持っていってページを開いた。

　午前中ずっとソファに身を沈めて読みふけった。

　あのＬＩＮＥメッセージの意味を説明できる記述に行き当たったのは四冊目だった。

産む権利とか産まない権利とかジェンダーがどうとか生命倫理がどうとかいう本で、日本における堕胎《だたい》手術についても一章割いてかなり詳述してあり、その中にこう書いてあった。

『妊娠12週以降であれば死産届を提出することが義務づけられている』

死産届。

先輩のスマホをもう一度取り出してプッシュ通知の文章を見る。

「――今日までなら届けは要らない――」

そういうことなのか。金。病院。

純香先輩のタイムリミットは、今日だったのか。

それで、幾原先生はけっきょく堕胎手術の費用を用意できなかった？　純香先輩が堕《お》ろさないと言い出して、どうしようもなくなって言い合いの果てに殺した……？

僕は本を閉じてトイレに立った。

胃液しか出なかったけれど頭を便器に突っ込んで十五分ばかりえずいた。

顔と手を洗ってソファに戻ると、本の続きを読んだ。僕みたいな人種は渇いた脳になんでもいいから文章を注ぐだけである程度の快楽を得られるので、ページをめくるのを止められなかった。憂《う》さを忘れるために酒浸りになる人ってたぶんこういう気持ちなんだろう。

妊娠後の時期による身体変化をイラストつきでわかりやすく解説している本もあり、それによれば妊娠三ヶ月というと胎児の大きさがパッションフルーツの実くらい、妊婦は体つきがふっくらしてくるけれど服の上から見てすぐわかるほどではない、とのことだった。

それなら僕に気づけるわけもない。

不思議なことに、幾原先生への嫌悪感は消えていた。純香先輩に対しても、幻滅も呆れもなかった。

なにも感じなくなっていた——わけでもない。

心がスポンジみたいになっていて、どんな事実も素直に吸収できたし、少しの圧力でたやすく潰《つぶ》れて残らず吐き出してしまいそうだった。

持ってきた本をすべて読み切ってしまうと、しばらく放心した後で、すぐ近くにある棚に手を伸ばした。

立ち上がる気力はなかったけれど、すかすかの心にとにかく情報を供給したかった。手に取った一冊は伊豆諸島の旅行ガイドだった。これでいい。冷房の風でどこかに吹き飛ばされないようにするための重みになってくれるなら、なんでもいい。

ページを繰るうちに、少しずつ吐き気がおさまり、皮膚に感覚が戻ってくる。

ポケットの中で振動がある。

僕は跳ねるようにしてソファから立ち上がった。いつの間にか館内には利用客がかなりいて、何人かが不審そうにこっちをちらと見た。

隠れるようにしてホールの隅に行き、自分のスマホを取り出す。

13:45。

そうだ、アラームをセットしておいたのだった。先輩が赤川次郎を借りにくるかもしれない時刻だ。

文庫の棚に確認しにいってみると、二冊ともまだ棚にささったまま。

フロアを歩き回って探してみても、先輩らしき姿はない。

外に出て裏の林もたしかめる。だれもいない。

館内に戻って全フロアを見て回り、また外に出て建物のまわりを一周し、図書館がたっている高台の下のバス停まで足を延ばし——とあちこちうろついて一時間を潰した。

純香先輩を含め、知った顔はひとつも見かけなかった。

館の休憩スペースでスポーツドリンクを買い、一気に飲み干して一息つく。

その場で道永先輩に電話をかけた。

「……あ、柚木です。……すみませんいきなり。いま学校、ですよね？　あの、今日学校に純香先輩来てます？　見かけませんでした？」

『朝からいるけど、見てないよ。ずーっと階段裏で作業中だから、どっかにいてもわかんないけど』

「そうですか、あの、今日の図書委員は校舎裏でなにか仕事してるって聞いてるんですけど、そっちにいませんでした？　倉庫がある方です」

　事件に無関係の道永先輩に嘘《うそ》をつくのは気が引けたけれど、まさか校舎裏で殺人が起きていませんかなんて訊《き》けるわけもない。

『校舎裏？　さっきバケツ取りにいったけどだれもいなかったよ』

「……そうですか。すみません、ありがとうございます」

　僕は電話を切った。

　冷え切った壁に後頭部をこすりつけて高い天井を仰ぐ。

　学校でも殺されていないのか。初回とほとんど変わっていないはずなのに。やっぱり燈子が学校に行っているかいないかが影響大なのだろうか。そしてこの図書館でも殺人が起きていないということは、止めるのに成功したのか？　僕がうろちょろしているのを見て犯人が思いとどまったのだろうか。

　いや、喜ぶのはまだ早い。今回特別なことはなにもしていないんだ。犯行時間がちょっと遅らされたとか、あるいはまた別の場所に変えられたとかかもしれない。

　どうする、やっぱり学校に行くか。

　あるいは僕はここに留まって、道永先輩に純香先輩を捜してもらうように頼むか。

考え事をしながらも、スマホでＳＮＳをチェックしていると、トレンドワードに見憶えのある単語が掲載されているのが目に飛び込んできた。

市立美術館。

うちの市だ。タップすると、ニュース系アカウントの発言がずらりと並ぶ。

八月三十一日の午後四時頃、市立美術館の駐車場で、市内の高校に通う女子生徒が遺体で発見される……。

僕は図書館を出てすぐにタクシーをつかまえた。

市立美術館は、図書館からも高校からもだいぶ離れた市の北部、プールや体育館や文化センターなどが集合した市営の大公園の一角にあった。

百台分はありそうな広い駐車場のアスファルトは、遮るもののない午後の陽にまんべんなく焼かれて臭気たっぷりの陽炎《かげろう》をたちのぼらせていた。何台ものパトカーの合間に、陽を照り返すブルーシートのぬめるような青が見える。開けた場所だからか、図書館のときよりも野次馬の数が多く、マスコミのものらしきワゴン車から大型カメラを担いで降りてくる連中も見かけた。

まぶたの間にしつこく這い入ってこようとする汗の粒をひっきりなしに手の甲で払い

ながら駐車場を横切る。この分だと死体はもう運ばれていった後だろうか。殺されたのはほんとうに純香先輩だろうか？　タイミングからしておそらくそうだろうけれど確証は持てない。《巻き戻し》からもう十二時間経過しているからいつでもなかったことにできるけれど、三回目のときのように無理矢理ブルーシートに突撃して中をたしかめるべきか。

パトカーのそばでだれかに電話している若い女性に、見憶えがあることに気づいた。クリーム色のパンツスーツで、薄手のジャケットを腕まくりしている。たしか二回目のときに図書館の殺人現場で言葉を交わした刑事だ。

一方的に見知っている相手だからか、ためらわず声をかけることができた。

「あの、すみません」

女性刑事は目を上げ、スマホの口元を手で覆《おお》い、目で僕に「少し待って」と伝えてきて会話を続ける。やがてスマホをポケットにしまった。

「はい、なにか」

一瞬で全身を観察されたことが肌で感じられた。

「……女子高生が、殺されたって聞いて。あの、僕、今日ここで部活の先輩と待ち合わせしてたんです。久米沢純香っていう人で」

刑事はほとんど表情を変えなかった。

でも、返ってきた言葉は確信に足るものだった。

「久米沢、純香さんの、後輩。はい。今日この美術館で待ち合わせをしていた、と。よければ詳しいお話をうかがいたいのですが。ここではなんなので喫茶スペースにでも」

「あっ、あのっ、やっぱり純香先輩が……？」

僕はうろたえて青ざめる演技をした。もう五回目で、被害者が先輩なのも予想通りで、ほんとうはなんの驚きもなかった。あまりにも白々しかっただろうか。刑事だから見抜いただろうか？

「……そのお話も含めて、別の場所でさせていただければと。申し遅れましたが――」

刑事は警察手帳を取り出して見せてくれた。僕としては死んだのがやはり純香先輩であると確認ができた以上もう用はなかった。それに、もうひとつたしかめたいことが他にあった。

なぜこの場所なのか、だ。

「すみません、あの、もう一人待ち合わせしてるやつがいて、たぶん中にいると思うので捜してきます。話はその後で」

立ち去ろうとする僕を刑事は強く呼び止める。

「それではお名前と連絡先を」

僕は彼女に氏名と電話番号を教えてから美術館の建物の方に走った。

入館料２００円を払って中に入る。

すぐ外の駐車場で血なまぐさい事件が起きたばかりだなんて嘘かと思えるほど館内は静かだった。各ホールに一人ずつくらいしかいない客も、外界のことになどまるで興味なさそうに作品に見入っている。

さほど広い美術館ではなかったので、目的のものはすぐに見つかった。

二階の大展示室の隅の壁に、大きな縦長のレリーフが掲示されていた。ほぼ等身大の、蔦《つた》を全身にからませた少女の図案だ。

プレートに作品名と作者名が書かれている。

『春と雨の乙女』　幾原典明

美術館にも出展している、と先生が話していたのを思い出す。レリーフの少女はどことなく純香先輩に雰囲気が似ている。モデルにしたのだろうか。

ここもまた、幾原先生に関わりのある場所だったということになる。

図書館もこの美術館も、二人のいつものデートコースで、待ち合わせて将来についての重要な話し合いをして、先生が激昂《げきこう》して彫刻刀で喉を裂いて殺した……？

あるいは金を用意できなかったのかもしれない。

何度遡っても殺人が起きてしまうこの午後三時以降という時間は、銀行が閉まる刻限じゃないだろうか？　今日中に手術費用が工面できないとなればもう穏当な話にはなりようがない。ひょっとすると純香先輩は手術費だけではなく手切れ金まで請求したかもしれない。

自虐的《じぎやくてき》な気分になっていたので、あえて純香先輩を汚すような想像をしてみた。でもうまくいかなかった。あの人がなにかを憎んだり蔑んだり恨んだりしているところが思い浮かべられないのだ。

あらためて、あの人のことをなんにも知らなかったのだなと痛感する。八月三十日の夜にマクドナルドではじめて僕に見せた涙は、だからまるで現実感がなかった。あの人はあの人なりの暗黒や地獄や腐臭を腹に溜《た》め込んでいたはずなのに。

そこで僕は、作品名プレートのいちばん下に小さく印字された制作年に気づく。

七年前だ。

純香先輩もまだ小学生だった頃じゃないか。

この作品のモデルになったということは、幾原先生とはそんな小さい頃から知り合いだったのか、と驚く。

いや、ちがうな。

逆だ。

先輩をモデルにしたんじゃなくて、先輩がこの作品の少女に自分を近づけていったんだ。髪型とか、雰囲気とか、表情の作り方とか、立ち居振る舞いとか。

幾原先生に気に入られるために。

そんな勝手な想像をすると、はじめて先輩に対してほんの少し嫌悪感をおぼえた。不思議なものだった。幾原先生の子供がお腹《なか》にいると知ったときでさえ、虚無しか感じなかったのに。

僕はレリーフに背を向けた。

もうここにも用はなさそうだ。あとは、あの女性刑事に電話して詳しい話をするべきだろうか？　向こうからもなにか教えてくれるかもしれないし。

というか警察が捜査すればこんな事件すぐに犯人がわかるんじゃないのか。それを待ってから《巻き戻》せば――

無理だ。警察の捜査結果を僕がどうやって知るんだ？

それに、十二時間しか戻せないんだぞ。今夜中に犯人を割り出せなきゃ間に合わないし、割り出せなかった場合に致命的な時間のロスになる。警察を頼るのはあまりにも分の悪い賭《か》けだった。

おまけに、さっきはちっぽけな豆粒くらいだった嫌悪感が、いつの間にか胃袋の中で芽吹いて茎をのたくらせて育ちつつあった。

堪えきれない。
僕は目を閉じ、ハンドルの冷たい感触に指を這わせた。

# 7

六回目の八月三十一日は、薄明かりの中で目を醒《さ》ました。

灰皿の底の汚水を臍《へそ》からたっぷり注ぎ込まれたみたいな不快感が全身を浸していた。

しばらくは起き上がるどころか指を持ち上げることさえできなかった。目を開いているとカーテン越しの弱い光が砂になって眼球の裏側にまで入り込んできたし、目を閉じているとまぶたの裏側を何万匹もの草履虫が這い回った。

なんとか寝返りを打ち、肘《ひじ》を突っ張って身体《からだ》をシーツから引き剥《は》がす。

枕元のスマホを見る。

午前五時過ぎ。

巻き戻した直後に起きられたことになる。やればできるものだ。これで出かける前に考える時間が増やせる。

風呂場《ふろば》に行った。不快感はうなじや耳の裏にべっとり粘り着いていて、熱いシャワーを浴びてもなかなか落ちてくれなかった。

五回も先輩を死なせてしまった。

なにが起きるのか知っている僕が先回りしようとすると、なぜかそのさらに先回りをされる。犯人が僕の行動の意味をすべて見抜いて嘲笑《あざわら》っているように思えてくる。でもそんなわけはない。僕にとっては繰り返しでも、犯人にとってはそれぞれがその取り返しのつかない人生における一回きりの八月三十一日だ。

なにか僕が見落としている要因があるのだ。

なんだろう？　今回はどうすればいい？

風呂から出て髪を拭《ふ》き、下着をつけたところで急に疲労が全身にのしかかってきた。僕はバスタオルを頭からかぶったまま脱衣所の床にへたり込んだ。

動けない。立ち上がれない。

なんだこれ？

しばらく、バスマットの花柄をじっと見つめたままうずくまっていることしかできなかった。せっかくこんなに早く起きられたのに。

動きたくないんだ、とじきに悟る。

本に載っていた胎児の白黒写真が、まぶたの裏側で蠢《うごめ》いている。

ＬＩＮＥのプッシュ通知メッセージがいくつもいくつも闇《やみ》の中にポップアップされて同じ文章を突きつけてくる。

レリーフの蔦の中に閉じ込められた少女が微笑《ほほえ》みを引きつらせている。

嫌悪感がいっこうに湧《わ》いてこなかったのは自分で自分をきれいにだましていたからだ。いったん自覚してしまえばとどめようもなかった。美術準備室に教え子を招き入れて鍵《かぎ》をかけて服を脱ぐように言う幾原先生も、気に入られようとするあまり避妊具を要求することさえできなかった純香先輩も、気持ち悪かった。

気持ち悪い男が気持ち悪い女を殺すだけじゃないか。

ほうっておけばいい。そうなるようになったんだ。なるにまかせて、この八月三十一日を僕の人生の他の日と同じような当たり前の日として受け入れて見過ごせばいい。

自分にそう言い聞かせる自分の声は、だだっ広いからっぽの中で歪《ゆが》んで響いた。

肌の湿り気がやがて新しい汗になってぬめる。

僕はけっきょく立ち上がり、バスタオルで全身を乱暴に拭き直した。

汚いことと美しいことは矛盾しないんだ、と僕は思った。紙と糊《のり》とインクのにおいに満ちた司書室で、愛すべき小説たちについて何時間も夢中で語る純香先輩の横顔も、僕と燈子の目の前で幾原先生が彫り上げてくれた魚の愛らしさも、変わらない。彼らがどれだけ穢らわしい人間であっても。

だから、先輩を殺させてはいけない。

部屋に戻り、Tシャツ一枚でベッドに腰掛け、考える。今回はどうすべきか。

美術館に張り込む？

いや、なにが原因で殺害場所が変わるのかがわかっていない以上は無駄足になる公算が大きい。いくらでも巻き戻せる、なんて息巻いてみたところで、今回の覚醒時のすさまじい苦痛を考えると、今後どうなるかわからない。今まではせいぜい連続して三回くらいまでしか巻き戻したことがなかったのだ。繰り返していたらじきに目を醒ましてすぐに昏倒して、意識が回復した頃にはすべて手遅れ——なんて事態にもなりかねない。なるべく無駄な手は打ちたくない。

そうだ、現場に張り込むなんて馬鹿《ばか》なことをどうして何度も繰り返したんだろう。先輩に張りついていればいいじゃないか。

今日どういう行動をとるにしろ、朝は自宅にいるはずだ。僕はがんばれば朝五時から動ける。先輩が出かける時間から尾行できるはず。

ただ、僕は先輩の住所を知らない。

道永先輩なら知っているだろうか？　あるいは先輩のクラス担任がたぶん保管しているであろう生徒名簿を見るとか。どうせ巻き戻すのだから手段は選ばなくていい。

とにかく今回は学校に行こう。

それから、幾原先生の住所も調べておくべきじゃないのか。やっぱりあの人が犯人である可能性がいちばん大きいわけだし、殺しを止めるためには被害者よりも加害者をマークした方が絶対に有利だ。

生徒よりは教師の方が住所を入手するのが簡単な気がする。職員室に行って、残暑見舞いを送りたいんですけど、なんて嘘をついたらあっさり教えてくれるかもしれない。

アラームが鳴った。

けっきょく七時だ。でも今回は方針が決まっている。早く目を醒ました意味はじゅうぶんあった。

そろそろ燈子が家から出てくるから呼び止めなくては。

窓を開けると、空はすでにかなりまぶしく、吹き込んでくる風も熱を含んでいる。僕は身を乗り出して、三軒向こうの家の門から燈子が出てくるのを待った。

でも、現れない。

おかしい。この時間だったはずなのに。

なにか勘違いしていた？

窓を開けるのが遅すぎて燈子はもう出かけた後だった？

だとするとまずい。僕は階段を駆け下りて玄関を飛び出した。

表の道路にも燈子の姿はない。駅に近い方へと走った。角を曲がろうとしたとき目の前をなにか大きな影が遮った。

はじめに感じたのは手のひらの痛みだった。やや遅れて骨に響く衝突音。

尻餅《しりもち》をついている自分に気づく。

そして、すぐそこの家の塀にめり込んだトラックの巨体が僕の視界をふさいでいる。心臓が喉元までせり上がってきたみたいに、動悸《どうき》が頭蓋《ずがい》を叩《たた》いた。

危なかった。

無意識に跳び退《の》いていなければ車体と塀に挟まれて死んでいた。

身を起こそうとすると右の足首にも痛みが走る。ひねってしまったようだ。

運転席から罵《ののし》り声が聞こえ、トラックはいきなりエンジンを噴かしてバックすると、僕に排気ガスを吐きかけて走り去ってしまった。その瞬間まで身体が発汗機能を忘れていたかのように汗が一気に噴き出てくる。

やがて塀を凹《へこ》まされた家の玄関が開いておばさんが飛び出してくる。

青い顔をしてこっちに駆け寄ってきて怪我《けが》はないかとしつこく訊《たず》ねてくる。いつか見たのと同じ光景だ。そうだ、初回はこうしてトラックに撥《は》ねられかけたのだ。

僕じゃなくて――

「啓太っ？」

引きつった声が背後から響き、足音が駆け寄ってくる。首をねじるとパジャマ姿の燈子だった。

「なにしてんのあんた、だっ、大丈夫っ？」

「……うん、避けたひょうしに転んだだけで――燈子、学校は？」

「なんかだるいから――じゃなくて！　あたしのことなんてどうでもいいでしょ！」

青い顔でわめく燈子の背後から、うちの母親も走ってきた。

大したことないと言い張ったけれど、母親は僕を病院に引きずっていった。単なる擦り傷と軽い捻挫《ねんざ》だった。

病院から戻ってくると警察にも事情を説明しなければならず、午前中は完全に潰れてしまった。

今日は仕事を休んで一日ついている、と言い出した母親を、僕はなんとか説き伏せて午後から仕事に送り出した。家にいられたら登校しようとするところを絶対に止められる。ようやくひとりになれたところで制服に着替え、タクシーを呼んだ。なんとか歩ける程度の捻挫だったけれど、駅までのたのた歩く時間が惜しかったのだ。どうせ巻き戻すのだからなかったことになる出費だ。

なぜ素直に病院なんかに行ったんだ、と車内で自分を責める。

どうせ情報だけ残して、あとは全部なかったことになる。母の手を振りほどいて逃げ出せばよかったじゃないか。まったく時間の無駄だった。

だいたい、なんで燈子は今回に限って部活をさぼることにしたんだ？

そりゃ僕の不注意がいちばん悪いんだけど、燈子がいつもみたいに七時過ぎにおもてに出てきてくれればあんなことにはならなかった。もう何度も繰り返しているせいで朝のあの事故も悪い意味で慣れてしまっていて予定外のことをされると——

なんでだ？

あらためて僕はその疑問を掘り返す。

燈子が家を出るのは、この繰り返しの開始点からほんの二時間ばかり後のことだ。予定通りの未来が変化するような行動を、僕はなにもしていないはずなのに。

五時に起きてさっさとシャワーを浴びた。変えたのはそれだけだ。だからその行動が燈子に影響を与えたと考えるしかない。

……たぶんあいつは、もともと今日あんまり部活に行きたい気分じゃなかったんだろう。迷っているところになにか些細なきっかけで、たとえば僕の部屋の窓に朝早くから明かりがついているのを見たとかで、なんとなくやる気を失《な》くした。そんなところじゃないだろうか。

一応の結論が出たところで、ちょうどタクシーが停まった。校門の前だった。

すぐに校舎裏に向かう。時刻は二時過ぎ。

だれもいない。土と砂が直射日光に焼かれて銀杏《いちょう》の樹《き》の短い影を濃く染《し》みつかせているだけだった。

燈子が朝から部活に出ていなくて僕が昼に登校してくるというパターンは、何回目だったかと同じだ。あのときは図書館で先輩が殺されていた。今回もそうだろう。ひょっとすると今まさに喉を斬り裂かれているところかもしれない。想像すると真夏であることを忘れそうなくらいの寒気がこみ上げてくる。

でも今回はあきらめる。

今から図書館に向かったって助けられる見込みはない。先輩と先生の住所を調べて、巻き戻して、次こそは止める。

そのまま裏庭を抜けて、校舎の端の階段裏をこっそり覗《のぞ》いた。ごちゃごちゃと積み上げられた椅子《いす》や机の間に、イーゼルと向き合う白衣の後ろ姿があった。道永先輩は今回もちゃんといる。

これからひょっとすると住所入手のために非合法手段をとるかもしれない僕としては、できるだけ学校で他人と接触したくなかったので、いるかどうか確認だけして黙って立ち去るつもりだった。でも道永先輩はいきなり振り向いて言った。

「お？　柚木君。来てたんだ」

この人、ほんとうに勘が鋭いのだ。僕はまごついてしまう。先輩の目は僕の脚に向けられる。

「怪我？　してるの？」

「あ、はい。ちょっと転んじゃって」

「ふうん？　ひどい怪我だったの？　ズボン破けちゃうくらい？」

「え？　いや、ちょっと足ひねっただけですよ」

ズボンが破けてる？　と僕は自分の腿《もも》や尻に手をやってたしかめる。

「そうなんだ。あのね、それ制服のズボンじゃないでしょ。だから制服だめにしちゃうくらいの大怪我だったのかなって思っちゃった。大事じゃないならよかったよ」

　道永先輩に言われてはじめて気づいた。制服のとよく似ている黒のロングパンツを間違えて穿《は》いてきてしまったのだ。

「ああ、これ……あわてて出てきたから……」

　病院と警察の用事で午前中を潰されて、早く学校に行こうと焦《あせ》っていたせいだろう。よく一目で気づいたな、と思う。持ち主の僕も気づいていなかったのに。前にも一度、間違って学校に穿いてきてしまって、まったくだれにも指摘されないまま無事に一日過ごしたことがあったっけ。

「まあ夏休みだし先生もそんな目くじら立てないと思うけどね」

　そう言って道永先輩はイーゼルに向き直ろうとした。どうせ見つかってしまった以上は念のために、と思って僕は訊ねた。

「今日、純香先輩は……学校来てますか？」

「さあ？」と道永先輩は肩越しに言う。「見てないけど。あたしずっとここで作業してたから来てるかどうかはわかんないけどね」

そうですか、じゃあまた、と僕は言って階段に向かった。

道永先輩が、学校を出ていく純香先輩を目撃したのは何回目だっけ、と階段を上りながら思い返す。あれはどういう条件のときに起きたんだっけ。まずいな。繰り返しすぎて頭がごちゃごちゃになっている。メモを残したりもできないのだ。自分の記憶しか頼れないのだから、一度落ち着いてこれまでの全周回を整理しないと。

でも今は住所だ。

職員室に行くと、夏休みといっても何人かの教員がいる。ここでいきなり机を漁《あさ》り始めるのは無理がある。

どうやって調べようか……。

そこで思いつき、美術準備室の鍵を借りた。

あそこなら無人だからゆっくり調べられるし、幾原先生の住所が書かれたものならなにかしらありそうだ。ひょっとすると純香先輩の住所も見つかるかもしれない。

準備室はぼってりとした蒸し暑さが充満していた。木屑《きくず》と金属のにおいのせいか息苦しさまで感じられた。ドアを閉めて鍵をかけると窒息感が増す。

事務机の引き出しから探し物に取りかかった。

とにかく細かいものが散らかっている部屋なので、目当てのものを見つけるのに三十分以上かかった。書類が無造作に詰め込まれた段ボール箱の底から、開封してもいない展覧会の招待状が出てきた。宛先が学校ではなく幾原先生の自宅らしき住所だった。僕は額に粘り着いた汗をぬぐい、住所を何度も声に出して読み、記憶した。

あらためて準備室を見回す。

目的は半分だけ達成した。さすがに純香先輩の住所が書いてあるものは——ないとは言い切れないけれど、ここで探すのは効率が悪そうだ。職員室でなんとか理由をこじつけて聞き出す方がいいか。そうだ、その前に三年三組の教室に行ってみよう。先輩の机やロッカーに住所のわかるものがなにかあるかもしれない。

準備室を出ようとして、ふと入り口そばの棚の二段目に目を留める。

いつだったか幾原先生が見せてくれた、彫刻刀一式数十本を納めた大きなケースがしまってある。

殺害現場に転がっていた血まみれの彫刻刀。あれはほんとうに幾原先生の持ち物だったのか、確認しておこう。

ケースを机の上に出し、蓋《ふた》を開く。

四段に分けられた青い布張りの箱の中に、種類別、大きさ順に整然と並べられた彫刻刀は、一箇所を除いて以前見たときと同じだった。

二段目の左から四本目がぽっかりと空いている。

隣に並んでいる三本から推測すると、おそらく切り出し刀のいちばん大きいやつだろう。図書館裏の殺害現場の草むらに転がっていたやつが、それだった。やはり先生の彫刻刀が兇器《きょうき》に使われたのだ。

青い布のくぼみを見つめていると、嫌な予感が痰《たん》のように喉《のど》にからまる。

ここにない、ということは、いま犯人の手にある。

不在という形が存在を強く感じさせる。

これから殺人に使われるのだ。これから？　あるいは——

僕は準備室を飛び出した。

階段を駆け下り、廊下を走って校舎中程の裏口から庭に出ると、塀にへばりついたように続く木立の影が一箇所だけ大きくふくらんでいるのが見えた。

近づいていく。影なんかじゃないことに気づく。赤みがかっていて、陽を受けてぬらぬらと光っている。

血だ。

銀杏の根元に仰向けに倒れている夏服姿が見てとれるほどの距離まで寄ったところで、僕の足は止まってしまう。止まってしまったはずなのに、なぜか僕はじりじりと血だまりに近づいていっている。

錯覚だろうか。暑さと血のにおいで頭がやられてしまったのだろうか。

いや、ちがう。僕が近づいているのではなく、今も血が喉の裂け目からあふれ出して広がっているのだ。じきに僕の靴先も鮮やかな赤に浸され、くるぶしまで呑《の》まれ、膝《ひざ》まで沈み、やがて世界中が彼女の血に覆い尽くされてしまう――

僕は首を振って、まつげにからんだ汗の粒といっしょに妄想を払い落とした。

現実の血は、砂地を食《は》みながら少しずつ広がっていた。

今までの繰り返しの中で見た純香先輩の屍《しかばね》のどれよりも生々しかった。十分くらい前まで生きていたのではないだろうか。目を閉じた先輩の顔はぞっとするくらい穏やかで、頬にも色彩がまだわずかに残っていた。夕映えの沼に咲く蓮の花みたいだ。

僕はふらついて、銀杏の樹に手をつき、うずくまった。影が陽射《ひざ》しを遮る。砂の白と血の赤のコントラストが視界に焼きついて、足下に目を落としても反対色の残像となってかさぶたみたいに残っていた。

図書館で殺されるんじゃなかったのか？

この様子からすれば、僕が美術準備室を漁っていたまさにそのときに、先輩は同じ校舎のすぐ裏手のこの場所で、犯人に喉を掻き斬られていたことになる。今回は情報収集のためだから――なんて決めつけていないで張り込んでいれば、止められた。

僕には止められたんだ。

どうして学校なんだ。

これまで僕を避けるようにして殺害場所を変えてきたくせに、どうして今回に限って僕のすぐそばで。

避けるような結果になっていたのはただの偶然だったのか？

僕がまったく見落としている他の要因がなにかあるのか？

わからない。

とにかく、これはほんとうに起きたことじゃない。仮の現実だ。なかったことにできる。後悔したってしかたない。今できることを考えろ。

僕は顔を上げて先輩の骸《むくろ》を観察しようとした。

できなかった。僕の心は萎《な》えて、縮こまろうとしていた。

もう何度も純香先輩の死に触れてきて、とっくに慣れた——なんて、ただの自己《じこ》欺瞞《ぎまん》だったのだと気づいた。心を守るために塗り重ねた嘘に、目の前の血まみれの真実はたやすく亀《き》裂《れつ》を入れてしまう。急ごしらえの壁はもろく崩れて僕自身が血のにおいのする灼《や》けた空気にさらされる。

もうだめだ。こんなの見たくない。

何度繰り返せばいい？　今回とまったく同じ条件にしてこの場所を監視したとして先輩の死を止められるのか？

だいたい、まったく同じ条件になんてできるのか。

トラックに轢《ひ》かれかけてうまく手のひらの擦り傷と左足首の捻挫だけで済ませるなんて器用なことを意図的にやれるのか？　他にも、僕の考えもつかない条件が今回のこの結果を導いたかもしれないのに、全部なぞるなんて不可能じゃないのか。

先輩を助けるなんて、無理じゃないのか。

認めて、受け入れてしまえば。

このままうずくまって、だれかが警察を呼ぶに任せて、事情聴取でもてきとうなことを答えて——それから明日を待って、先輩の死を確定させてしまえば、楽になれる。

だれがどんな理由で殺したのかも、警察があっさり解き明かしてくれるだろう。そうしたら、先輩のいない九月を、ひとりきりの司書室で新刊のラベル貼《は》りをしながら、あるいはひとりきりの美術室で色のない果物の絵を描き潰しながら、静かに穏やかに過ごせばいい。

どれくらいの間、血だまりのふちにしゃがみ込んでいたのかわからない。

何時間にも感じられたけれど、塀の影の幅はあまり変わっていなかったし、他のだれかが校舎裏に現れて騒ぎになるようなこともまだなかったので、ほんの十数分かもしれなかった。

けっきょく僕は腰を上げた。

口の中が砂だらけになったような気分だった。なるべく死体の喉の裂け目を視界に入れないようにしながら周囲を観察する。

彫刻刀は死体の頭側の少し離れた場所に転がり、血に浸っていた。

それからもうひとつ。銀杏の樹と塀の間に、先輩の鞄《かばん》が落ちている。

ただの情報だ。現実じゃない。僕の中の記憶だけになる。三回くらいそう自分に言い聞かせると、土の上を這《は》って鞄に近づいた。

どうやって手に入れようかずっと頭を悩ませていた情報が、そこにあるはずだった。

鞄の小さなポケットから、見つけた。生徒手帳だ。中の生徒証のページには純香先輩の住所が記されていた。

ただの情報なんだ。

住所を憶《おぼ》えてしまうと、僕は生徒手帳を鞄に戻して立ち上がった。

あたりを見回し、だれにも見られていないことを確かめると、小走りに校舎に戻る。ほんとうはもっと現場に残ってあれこれ調べ回るべきだったし、警察にも自分で通報して事情を話すべきだった。些《さ》細《さい》なことでもなにか役に立つ話が聞けるかもしれない。

でも限界だった。

僕はそのままトイレに駆け込んで嘔吐《おうと》した。唇からぼたぼたとたれて便器の中を伝い落ちていく胃液をにらみながら、今し方手に入れた二つの住所を頭の中で何度も何度も復唱した。住所を刻み込むのに記憶力を使い果たして、血の赤も裂けた喉肉の白さもまぶたの青黒さもみんな忘れてしまえばいいのに、と願った。

ハンドルは、なかなか現れてくれなかった。

便器にしがみついたまま、サイレンが近づいてくるのを聞いた。

＊

目を醒ましてすぐ、激しい見当識障害に襲われていた。長い長い悪夢から抜け出したばかりなのに夢の内容をさっぱり思い出せない感覚と同じだった。自分がどこにいるのかもしばらくわからなかった。なぜか小学生の頃に意識が退行していて、昔よく夏を過ごしていた母方の祖父母の家にいるものと思い込み、必死に蚊帳《かや》をめくろうとして虚空《こくう》を引っ掻《か》いた。

激痛と記憶が一気に流れ込んでくる。

僕は手のひらで自分のこめかみを強く強く押し込み続けた。割れそうな頭を押さえているのか、新しい痛みを加えて根深い頭痛をごまかそうとしているのか、自分でもわからない。やがて混沌《こんとん》とした痛みは頭蓋骨の中でどろりとした吐き気に変わり、そのまま口の中に落ちてきた。

僕はベッドのふちから床に向かって吐いた。皮膚だけ残して身体の中身がみんな液化してぶちまけられたように思えるほどの吐き気だった。でも実際に床をわずかに濡《ぬ》らしたのは胃液混じりの涎《よだれ》だけ。

顔面から床に崩れ落ち、奇妙な体勢でしばらく荒い息を繰り返した。

汚れたTシャツを脱ぎ、面倒なのでそれで床を拭く。

……僕の部屋だ。カーテン越しの薄明かりの中で見回す。今日は――

八月三十一日。

枕元のスマホを確認する。やはり八月三十一日だ。六時半。朝なのだということをやや遅れて理解する。

何回目の八月三十一日だ？　六回？　いや、七回目だったか。まだ顎《あご》と喉が震えている。慎重に浅く呼吸しないと吐き気がぶり返してきそうだ。今回は《巻き戻し》直後に起きられなかった。だいぶ寝過ごしてしまった。シャワーを浴びている時間はあるだろうか。とにかく口の汚れと汗と頭の混濁を洗い流さないと動けそうにない。僕は這って部屋を出ると階段を下りた。

シャワーヘッドから降り注ぐお湯の一粒一粒も刺すような痛みに感じられた。でも、じきに認識がはっきりしてくる。

部屋に戻って、髪を拭きながら状況を整理する。

学校で——住所を調べた。憶えているか？

住所。二人分。

ちゃんと憶えている。何度も復唱する。

殺害現場の光景も、残念なことに、憶えていた。完全に焼きついていて消えそうになかった。せめて夏じゃなかったら。陽射しと影があれほど鮮明なコントラストを描き出していなければ。

なにをやっても先輩は殺される。僕のどんな行動が未来に作用して殺害場所が変わっているのか、まったくわからない。

だからもう、まぎれのない時点から——朝早くから当人を見張るしかない。

どちらを？

確実さをとるなら純香先輩だ。犯人が幾原先生だときまったわけじゃないのだ。でも先生以外のだれだっていうんだ？　たしかに自分の彫刻刀をわざわざ持ちだして人を殺して現場にその兇器を棄《す》てていくなんてあり得ないくらい愚かしい。でも殺人なんてそもそもが愚行の極みじゃないか。人を殺すくらい頭に血が上っているなら兇器のことになんて気が回らなくてもおかしくはない。

そして——これは今まであまり考えてこなかったけれど——純香先輩の命を護るためには、今日の午後に起きる殺人だけを防げばいいというものじゃないのだ。

僕が今日一日先輩に張りついて犯人を行動に移させなかったとしても、殺意を抱いているその人物が先輩の近くにいる限り、今後も危険は消えない。

だから、できれば犯人に実行させて、未遂で取り押さえたい。そのためには犯人の方に張りついた方が確実だ。

なるべく目立たない服を選んで着ると、七時前に家を出た。

燈子はどうしよう。ほうっておくと事故に遭う。七時過ぎに電話をかけるか。とにかくなんでもいいから曲がり角にさしかかる時間を少し遅らせればいいのだ。口実は後で考えよう。今は駅に急がないと。

行く手の丁字路に、人影が見えた。電柱のそばでスマホを手に立ち止まり、落ち着かない様子であたりを見回しているスーツ姿の男性だ。

信じられないことに、見憶えがあった。

幾原先生だ。

見間違いかと思って足を速めて近づいていく。男の目は落ちくぼんで光を失い、無精ひげも目立つ。僕の知っている、穏やかでちょっととぼけたところのある好ましい美術教師ではなかった。でもたしかに幾原先生だった。僕を見て二度驚きを表情に出したからだ。一度目はぎょっとして身をすくめ、二度目は目を剝《む》いてにらみつけてきた。だれかに見つかってしまった、と思った後で、相手が知った人間だとわかったのだ。

先生は身を翻《ひるがえ》して角の向こうに姿を消した。

僕はほとんど無意識に走り出していた。

なぜ幾原先生がここに？　理由はわからなかったけれど、僕は彼が犯人であることをほとんど確信していた。こんな朝早くから僕を見張っていたから、どんな行動パターンでも僕を避けて殺害場所を移せたのだ。少し早く家を出るだけで遭遇できていたなんて。今までどれだけ無駄な遠回りをしてきたんだろう。

角を曲がると十数メートル先を早足で歩いている先生の後ろ姿が見えた。

「幾原先生っ！」

呼ぶと、立ち止まる。振り向いた先生はいくぶん表情に落ち着きを戻していた。

「……柚木君。おはようございます。どうしてこんなところに」

逃げて怪しまれるより、しらばっくれる方を選んだのか。

「僕の家ですよ。先生こそなんで」

「この近所に用があっただけですよ。それでは、また明日学校で」

ごまかして逃げるつもりなのか。僕は詰め寄った。

「待ってください。先生は純香先輩を、どう――」

どうして殺したのか、と訊ねそうになった。

「――どうするつもりなんですか」

先生の顔に亀裂が入った――ように見えた。

錯覚だ。実際にはまったく表情を変えていなかった。

でも吐き出された言葉はひび割れていた。

「純香が？　なにか言っていたんですか？」

呼び捨てに僕はぞわりとしたものを感じた。隠す余裕をなくしたのか、あるいはもう隠す必要もないと決めたのか。先生は僕をにらみ、近づいてくる。

「純香になにを聞いたんです。純香は今きみの家にいるってことですか？」

いつの間にか圧力の向きは逆転していた。僕は知らずと後ずさっていたのだ。

先生がまた一歩距離を詰める。手にしたスマホにちらと目を落としてから視線を僕の顔に戻す。

「純香は……ああそうか、きみとつきあってるんだな？　それできみがなにか入れ知恵したんだろう、そうだろう？」

この人はなにを言ってるんだ？　先輩が僕の家にいる？　僕とつきあっている？　なんでそんな話が出てくるんだ？

先生の左手が伸びてきて僕の二の腕をつかんだ。細さに見合わない力の強さで、指が肌に食い込む。

僕は恐怖に塗り潰された。先生が顔を寄せてくる。白目が不吉に充血している。

「純香はなんて言っていた？　みんな聞いてるんだろう、なんとか言ってくれ！　おい、私だって困ってるんだ！　純香はどうしてる、病院にはまだ行ってないのかっ？」

　つかまれた腕を揺さぶられ、僕の脳は縮こまる。

　なにをやっているんだ僕は？　この男は殺人者だぞ、よく研いだ彫刻刀を今も携帯しているはずなんだぞ？　おまけに今は巻き戻した直後で僕は完全に無防備だ。

　ここで殺されたら、ほんとうに死ぬんだ。

「は、なして――」

　僕はかすれた声を漏らしてもがいた。先生の指の力はさらに強まる。

「とにかく純香を出せ、きみじゃ話にならない、きみの部屋にいるんだろうッ？　我々ふたりの問題なんだ、呼び出してくれ！」

「し、知りません、なんで先輩が」

「今さらとぼけるのかッ？　なんの駆け引きだ、脅してるのか？　金かッ」

　耳の中でごうと吹きすさぶ風のような音が響いた。頭に血が上ったせいか、あるいは自分の動悸だか呼吸音だかが過剰に聞こえているのだと最初は思った。

　でもすぐに気づく。現実の風圧による音だ。近づいてくる。

　この時間、この場所――

「はなしてくださいっ」

「ふざけないでくれ、こっちだって――」

僕は身をよじって先生の手を強引に振り払い、突き飛ばして跳びすさった。

最後に見た幾原先生は、虚を突かれてぽかんとした顔で身を泳がせていた。

巨大な青い影が横殴りに僕の視界を遮り幾原先生の姿を一瞬で掻き削り去る。

ブレーキ音と鈍い衝突音はやや遅れて僕の耳に届いた。

なにかのしぶきが僕の顔にふりかかる。

呆然《ぼうぜん》としながらそれを指でぬぐうと、あたたかい感触が指先でぬめる。

小型トラックの青い車体は、突き当たりの塀の数メートル手前で斜めに道路をふさぐようなかっこうで停まっていた。

運転席のドアが開き、野球帽をかぶった小太りの男性がよろけながら出てきて、足下に目を落とし、やがてドアにぐったりと額を押しつけて声を漏らし始めた。

「……ああああああ……」

車体の下から、両脚が生えている――ように見えた。

黒々としたものがアスファルトに広がり、その両脚を、前後のタイヤを、少しずつ浸していく。

僕は一歩、また一歩、トラックに近づいた。

かがみ込み、顔を傾けてのぞきこみ、両脚を胴体の方へと目でたどっていく。

車体の影に入ってしまってよく見えないけれど、幾原先生が即死していることは疑いようがなかった。前輪と地面に挟まれた先生の頭の形が、縦に割った洋梨みたいだ。髪の間に知らない色もわずかにのぞいている。

口元を手でおさえ、顔をそむけた。

そこで見つける。

道路の反対側、排水溝の穴のそばに陽光をくっきり照り返す手のひら大の平べったいものが落ちている。

スマホだ。幾原先生が持っていたもの――だろう。

歩み寄る。

壊れていない。まだ画面が点《つ》いたままだ。

この近辺の地図が表示されているのがわかる。

普通の地図アプリだろう、と最初は思った。見知らぬ土地を歩いていたのだから当たり前だ。

でも違和感がある。僕の知っている画面表示とだいぶちがう。

拾い上げ、画面をよくよく見てみる。

ひときわ目立つ二つの大きな丸印がある。中央の黄色は現在地だろう。そのすぐ近く、ちょうど僕の家の位置に、緑の丸印が点滅している。

これは――

ただの地図じゃない。

位置情報追跡アプリだ。

登録した端末携帯の所在地をＧＰＳで計測して知らせるやつだ。

頭蓋骨の中で、おぞましい音が響いた。知っていたことと知らないこと、見落としていたことと目をそむけていたことが、それぞれ脳を掘り進みながら根を伸ばしてつながっていく音だ。

幾原先生は純香先輩のスマホを追跡してここまでやってきたのだ。恋人だから登録してあったのだろう。先輩の忘れ物を僕が預かっているだけだとは知らず、先輩がこんな朝早くから僕の家にいると思い込み、さらには僕と先輩が深い仲だと誤解した。わざわざ追いかけてきたということはたぶん何度も電話してつながらなかったのだろう。お腹の子供について話し合いたかったはずだ。

それで？

なんにせよ、おしまいだ。

先生は死んでしまった。

近くの民家から出てきた住人が悲鳴をあげる。

運転手は茫然《ぼうぜん》自失で車のドアに頭を押しつけたままだ。

僕はスマホを投げ捨てた。もっと中を見たい気持ちはあったけれど、人の目がある。死人の個人情報を詮索《せんさく》しているところなんて見られたらまずい。

先に病院に連れていかれた。自分ではまったく気づいていなかったけれど、幾原先生につかまれて爪《つめ》を立てられたところからけっこう出血していて、両親が大騒ぎした。僕も車にぶつけられたと勘違いしたのだろう。

大した怪我ではなく、ほんの一時間で診察は終わった。

警察は我が家まで来てくれた。

僕は、事故の表面的なことだけを証言して、先生がなぜあんな場所にいたのか、なぜ僕につかみかかってきたのかについてはまったくわからないと言い張った。純香先輩の名前に至っては一度も口にしなかった。

なぜなら、この結果は確定させる可能性がとても大きかったからだ。

先輩を脅《おびや》かす人物が、この世から消えてしまったのだ。これ以上に先輩にとって安全な結果はない。

認めたくないことではあったけれど、幾原先生に対して溜飲《りゅういん》を下げている気持ちがあるのは否定できなかった。

だってあの人は純香先輩と不倫し、妊娠させ、そして何度も何度も何度も殺したのだ。殺した事実は僕の記憶にしか残っていないけれど、こうして轢死《れきし》しなければほんとうに殺していた。間違いなく。

だから同情の余地もない。

この結果で確定させるんだ。警察の前でへたなことはしゃべれない。幾原先生の裏事情について妙に詳しいという印象を持たれて怪しまれたくなかった。今回ばかりは、なにかミスをしたからといって気軽に巻き戻すわけにはいかないのだ。なにしろ偶発的な事故の産物だ。巻き戻したら同じ結果に導けるかどうかわからないし、無理に恣意《しい》的に導こうとしたら今度は僕が殺人者になってしまう。

無風のまま、今日の終わりまで過ごしたかった。

終わったんだ。

僕の八月三十一日は、やっと終われるんだ。

警察の話では、運転手はそのまま逮捕され、居眠り運転だったことを認めているという。僕は内心ちょっと驚いていた。怪我をさせただけの回ではいつも現場から逃げ去っていたのに、殺してしまった今回は言い逃れすらしないのか。ショックが大きすぎて罪から逃れようという気も起きないのか。でも、驚きを顔に出さないように苦労した。あの運転手についてなにか知っているような雰囲気を気取られたら面倒なことになる。

昼過ぎに警察官たちは帰っていった。

僕は自室に戻り、ベッドに倒れ込んだ。

スマホには燈子からのＬＩＮＥメッセージが大量に届いていた。僕が事故に遭ったのだと思ったらしい。大丈夫、僕が轢かれたんじゃないよと送信した。

少し迷ってから、被害者が幾原先生だったと伝える。

燈子も、結果的には事故に遭わずに済んだんだな。幾原先生が先に轢かれたおかげで、と表現するとなんともいえない気持ちになるけれど。

これでいいんだ。これで確定させよう。僕は枕に顔をうずめた。

もう繰り返さなくていいんだ。

振動音で僕のまどろみはずたずたにされた。

顔を持ち上げようとすると背中がみしみし痛んだ。枕が涎で濡れている。

震えているのはスマホだった。午後四時。道永佐世、という発信者の名前が表示されている。

僕は受話器アイコンをタップして耳にあてた。

『柚木君？　学校来てないよね？　家？　今から来てくれるかな』

聞き憶えがあるせりふだった。僕の背中がぞわりとなった。シャツに染みた汗が一瞬で霜に変わってしまったような。

「なにかあったんですか」

『うん、……警察は――もうすぐ来ると思うけど』

警察？

「……ああ、幾原先生のことですか。もう学校にも連絡が」

『え？　幾原先生？　なにかあったの？』

心底意外そうな道永先輩の言い方に、僕の喉はこわばった。ちがう？　先生の件じゃないのに、警察？

「僕の家の近くで交通事故で……さっき……それで亡くなって……」

説明する自分の声は、窓越しに聞こえる蝉《せみ》の鳴き声にも潰《つぶ》されそうなくらいだった。

『幾原先生も？　……そう……』

道永先輩の声も消え入りそうだった。

『久米沢先輩が殺されたんだよ』と彼女は言った。『死んでるの。校舎裏』

# 8

純香先輩の死に方は、まったくこれまでと同じだった。

銀杏の根元、広がった血だまりの真ん中に、目を閉じて仰向けに倒れている。喉が裂けて二つ目の口みたいにぱっくりと開き、赤黒く染まった夏服には白い部分がほとんど残されていなかった。

彫刻刀が落ちている場所も、何回目だったかに僕が見た通りだった。

ブルーシートが僕の視界を覆《おお》う。制服警察官が声を張り上げて、現場に集まってきていた僕ら生徒を追い払う。

校舎に入ると、道永先輩が小走りに寄ってきた。

「柚木君。……幾原先生も、って、ほんとなの」

「え……あ、はい」

道永先輩は、僕から電話で聞くまで知らなかったのか。

それは——そうか。職員室には警察から連絡がいっているかもしれないけれど、今日はまだ夏休みだから、生徒に伝えられるのは明日だろう。

「……そうか。こんなことあるんだね。大変な一日になっちゃったね……」

道永先輩とは思えないくらい凡庸なことをつぶやく。

大変な一日。二人とも死んだ。

どうして純香先輩まで？

僕は道永先輩をその場に残して、校舎の三階まで上がった。

廊下の窓から裏庭を見下ろす。上からの視線を遮るものはなかった。でも死体はもう運ばれていってしまった後だ。血だまりのあちこちに黒い番号札が立ててあるだけだ。大勢の鑑識係が血の池を囲むようにして屈《かが》み込み、作業を続けている。彫刻刀も先輩の鞄もとっくに回収された後だろう。

幾原先生は今朝死んだのに。どうして。

僕は窓際《まどぎわ》にうずくまり、壁にごつごつと額を弱く打ち付けながら考えた。

先生は犯人ではなかった、ということになる。じゃあだれが？

また今朝まで遡《さかのぼ》って調べ直すのか。今度は早朝から純香先輩に張りつくのか？

先生は死なないことになるけれどそれでいいのか？

だって、あの人は朝早くからＧＰＳでスマホを追跡して僕の家にまできていたんだぞ。

犯人だとしか考えられない。僕の居場所を把握して、先回りで殺害場所を変えてきたんじゃないのか？

前回だけ僕のいるすぐ近くで殺したのもその証拠だ。ズボンを間違えて穿いていったから、ポケットに先輩のスマホが入っていなかった。GPS情報だけなら僕が家にいるように見えたのだ。

だから学校で殺した。

……おかしい。

この考えは成り立たない。

僕が先輩の死を止めようとしていたことを、幾原先生は知りようがないのだ。僕を避ける理由がない。だいたいあの人は先輩が僕の家にいると勘違いしていたじゃないか。スマホを預かっているだけだとは考えていなかった。

それじゃあ、なんなんだ。どういうことなんだ？

僕は両眼を手で覆った。ちかちかした闇《やみ》の中で残像の花がいくつも咲く。

スマホを追跡できる人間が、もうひとりいる。

純香先輩自身だ。

本人だって位置情報を見られる設定にしておくだろう。スマホを紛失したときにも便利だ。そして純香先輩はタブレットを持っていたから、スマホがなくても外で追跡アプリを使うことができた。クラウドの蔵書データに僕が書き込んだ私信を読めば、今日僕が返却のためにスマホを持ってくることもわかる。

つまり先輩は、自分のスマホの位置情報を通じて、僕のいる場所をほぼリアルタイムで知ることができたのだ。

僕の動きを知って——避けることができた。

前回だけは僕のいるすぐ近く、校舎裏で死んでいた。避けなかった。

僕がズボンを間違えて穿いてきてしまったからだ。ポケットに先輩のスマホが入っていなかった。GPSで見れば僕が家にいるように見える。

だから、学校で。

先ほどの僕の推理がすべてぴったりと成立する。

ただ一箇所、犯人が幾原先生だという点を入れ替えれば。

犯人は——純香先輩だ。

、、、、、

あれは自殺だ。

身を支えていた地面が残らず塵《ちり》になって散ってしまったのに、僕をとらえるべき重力はどこにもなくて、うずくまったままの姿勢で虚空に浮いている。そんな無感覚が僕を押し包んだ。

自殺だから、抵抗した形跡もないし、死体の顔もいつも穏やかだった。

自殺だから、真っ昼間の人通りのある場所で実行できた。自分で自分の喉に刃を突き入れるまさにその瞬間以外なら、だれに見られたって問題ない。

図書館で借りた二冊の赤川次郎がわざわざレジ袋で二重にくるまれていたのも、血で汚さないようにするため。本と図書館を愛していたあの人は、たとえ自分が死んだ後であっても、借りた本を汚損するわけにはいかなかったのだろう。なんて馬鹿《ばか》馬鹿しくて哀《かな》しい気遣いだろう。それなら借りなきゃよかったのに。でも、借りる必要があった。自殺のにおいをできるだけ消すためだ。本を借りたばかりの人間が自殺なんてしないだろう、と警察に思わせたかったのだ。

　幾原先生の彫刻刀をわざわざ使ったのは、他殺に見せかけて先生に罪を着せるためか、恋人の愛用品で死にたいという感傷か。あるいはその両方かもしれない。

　死ぬ場所が学校か図書館か美術館だったのも、幾原先生に関わりのある場所で発見されることによって犯人だと意識付けさせたかったのか。

　どれもこれも、愚かしい工作だと思う。

警察なら検視ですぐにでも自殺だと見抜くにきまっている。

　それでもよかったのかもしれない。いずれにせよ、先生の一生に消えない傷を残すことはできる。

　そんなことのために、自分の手で喉を斬《き》り裂くなんていう凄惨《せいさん》な手段を、よくも選べたものだ。きっとあの人は、長い長い時間をかけて、自分で他の選択肢をひとつ残らず焼き払っていったんだろう。

だとしたら——何度巻き戻したって、どうしようもない。

殺人者は先輩自身の中にいるのだ。

たとえ今日死ぬことを止められたとしても、また別の日に自殺するだけだ。二十四時間、三百六十五日寄り添って自殺を妨害し続けるなんて不可能だ。僕に見つけられない場所で死なれたらおしまいだ。

そこで、ふと思う。

先輩が僕を避けるようにして自殺場所を変え続けたのは、それじゃあ、自殺を邪魔されたくなかったからなのか。

いや、そんなわけはない。僕が先輩の死を予期して止めようとしているのは時間を遡れるからであって、先輩は僕の能力なんて知る由《よし》もないのだ。

じゃあ、なぜ。

わからなかった。

思考の中をぐねぐねさまよっていると、背後から声がかけられる。

なにしているんだ。今すぐ帰りなさい。あんなことがあったんだぞ。

当直の教師だった。

いいか、ひとりで帰るんじゃないぞ。必ずだれかと一緒に。できるなら親御さんに連絡して迎えにきてもらえ。

僕は立ち上がってのろのろと階段に向かった。

靴を履き替えて玄関口を出る頃には午後五時を過ぎていた。

校門前には記者やカメラマンが殺到し、出てくる生徒たちにレコーダーやレンズを突きつけ、教師たちが声を荒らげて遮っていた。僕はその光景を見るだけでうんざりして、裏門に回った。

学校の裏側は林や寺が多く、蝉の声もじっとりと重たく分厚かった。陽はだいぶ傾いて、家々の長い影が道をやさしく覆ってくれていた。歩きながら心の中を手探りしてみると、もうハンドルに触ることができた。

またこの時間がやってきたのか、と思う。

巻き戻せば、僕はずっと上手《うま》く無駄なくやれるだろう。もう、起きることは全部わかっている。先輩のスマホを持たずに学校に行って、校舎裏で待ち構えていればいいだけだ。簡単に止められる。

自殺なんて一時的な衝動によるものだし、一度止めれば解決するかもしれない。先輩も頭を冷やして、ろくでもない妻子持ちの中年男のために人生をむなしく燃やし尽くすなんて馬鹿馬鹿しいと思ってくれるかもしれない。

言い聞かせてみても、心の中の手は力を失って、ハンドルから滑り落ちる。

稚拙とはいえ、幾原先生に殺されたように見せかける計画まで立てていたんだ。先輩の心を冒している暗闇は、もうどうしようもない。何度も何度も何度もこの八月三十一日を繰り返して、そのすべてであの人は同じように自分の喉を掻き斬って穏やかに美しく死んでいたじゃないか。あれが答えだ。

もう、あの人は喪《うしな》われているんだ。

僕はよく知らない路地に迷い込んでいた。学校のそばでも、一度も通ったことのない道なんていくらでもある。空は端から紅《あか》く染まりつつあった。乱暴に塗りたくったような雲が目に見える速さで風に押し流されて夕陽から逃げていく。強まってきた夕風が汗を冷やし、僕は不意の寒気に身震いした。

スマホを見る。午後六時を過ぎている。

あれほど貴重に思えていた巻き戻し可能な時間が、知らない街路をあてもなく歩くことに浪費されていく。先輩の死の確定に、僕は一歩また一歩と近づいている。

先輩は——幾原先生の事故死を知らずに自殺したはずだ。

だとしたら、先生の死が確定した段階で巻き戻し、先輩に伝えたらどうだろう。自殺する理由がなくなるんじゃないのか。罪を着せて思い知らせようとしていた男が、とっくにこの世から消えていたとなれば。

立ち止まり、額の汗を雑にぬぐった。

逆かもしれない。かえって自殺の意志が固まってしまうかもしれない。恋人だったわけだし。感情のぶつけどころをなくしてもっと悪い形で暴走するかもしれない。先生を死なせずにやり直した方が、まだしも望みはある……？

思い悩んでいる自分という薄っぺらい膜を剝《は》いだ下にあるものに、僕はとっくに気づいていた。迷っているふりをして時間が過ぎていくのを待っていたのだ。あと一時間で先生の死は確定的な過去になる。巻き戻さないと決めてしまったら僕が殺したことになる。自分で決めたくなかった。不可抗力だということにしたかった。

自分の卑劣さに圧《お》し潰されそうだった。

ごうと風が鳴り、列車が通り過ぎる音が束《つか》の間、僕の無力感を吹き散らした。

いつの間にかうつむいていた顔を持ち上げる。

フェンスの向こうに開けた空間が見えた。あてもなく歩いていたら、線路に行き当たってしまったのだ。

左右を見やる。右手の方に見憶えのあるビルの屋上広告がいくつか浮かんでいた。

線路沿いを歩いていくと、やがていつもの通学に使っている駅にたどり着いた。

すっかり昏《くら》くなって、改札口の明かりの下にはうちの高校の制服姿が群れているのも見えた。

僕はけっきょくどこにも行けないんだな、と思った。同じ溝の中をぐるぐる回ることしかできない。なんでもできる力だと勘違いしていたけれど、自分はなんにもできないのだと痛いほど思い知らされるだけの力だった。

急に喉の渇きをおぼえて、僕はマクドナルドに足を向けた。

生きていた頃の純香先輩と、最後に過ごした場所。

ジンジャエールを買い、二階に上がってあのときと同じ席に腰を下ろした。

もう何日も前のことのように思えるけれど、実際には昨日だ。

客は昨日よりずっと少ない。壁際にサラリーマン風の若い男性、窓に面した席に大学生くらいの女二人連れ、それから僕。

図書館をやればよかったんだ、と僕は思った。

いつか、ではなく、すぐにでも学校なんてやめて森の中に小さな図書館をつくって、純香先輩を司書に就けて、僕と二人で日がな一日利用者のいない館内を掃除したり蔵書整理したり新購入本について話し合ったり思い思いの読書に耽《ふけ》ったり——

紙コップの中で炭酸の泡が細かく細かく弾《はじ》けていく。

昨日なのに、遠い夢。

もう取り戻せない時間の切片。

僕にとって純香先輩は元から喪われていた人だったんだ。

僕なんてなんでもなかった。連絡先だって交換していなかった。何度この一日を繰り返してもわざわざＧＰＳで調べてまで僕を避けたのは、むしろ嫌われていたからかもしれない。僕は汗をかいたジンジャエールの紙コップの冷たさを指でたどり、肌を斬り刻む自己《じこ》嫌悪《けんお》の甘い痛みに意識を痺《しび》れさせた。

でも、なにかが記憶の枠の隅っこに引っかかっている。

なんだろう？　この場所で、先輩と交わした言葉のどこかに、僕が見落としているものがある気がする。交わした言葉？　僕と先輩の間で交わされたのなんて読み上げた書名だけじゃないか。なんの意味があったっていうんだ？

それから幾原先生が私的に借り出していた本のところに差し掛かって、先輩は急に涙を流して、ごめんなさい、と。

なぜ――先輩は僕に謝ったんだ？

違和感が喉で固化する。

その前に自分が言ったことを、ようやく思い出す。

『今日ちゃんと準備室から取ってきてシール貼《は》り替えたから大丈夫ですよ』

幾原先生が借り出していた本を、僕が準備室から回収してきたと、そう先輩に言ったのだ。

僕はあの日――昨日だ――わざわざ鍵《かぎ》を職員室から借りて美術準備室に踏み込んだ。

記憶が火花を散らす。

先輩はそもそも昨日なぜあんな遅い時間に学校に来たんだ？　登校予定はなかったはずなのに。

きまってる。兇器《きょうき》にするための彫刻刀をとりにきたのだ。

あの人はたぶん幾原先生から美術準備室のスペアキーを渡されている。そうだ、いつだったか道永先輩から聞いた。たまに純香先輩の方が先に準備室に来て待っていることもあった、と。施錠《せじょう》された準備室に、あの人はだれにも知られずに入ることができた。

でも、僕はそうはいかない。鍵を借りたという事実が証拠として残ってしまう。

死の前日に。

彫刻刀で喉《のど》を斬られた先輩の死体が発見されれば、僕も疑われるのだ。

だからあの人は――ＧＰＳで僕の所在を調べ、僕のいない場所、なおかつなるべくすぐに発見されるような場所で喉を斬った。僕のアリバイをつくるために。

紙コップの側面にうまれた水滴たちが、自分の重みに堪えきれずに伝い落ちて集まり、テーブルにぼやけた透明の環を描いている。

みんな都合の良い想像だ。なんの確証もない。あの人が僕のことなんて考えていたわけがない。連絡先すら交換していない、ただ同じ委員会だっただけの関係なんだ。もう忘れよう。忘れて、認めて、押し固めて、標本箱に閉じ込めてしまおう。

でも、だめだった。

気づけば僕は暗がりにハンドルの感触を探っている。視界の隅でスマホの時刻表示がまたひとつ分を刻む。19:02。選びたくなかった。決めたくなかった。やり直したくもなかった。できることなんてもうなにひとつない。でも僕の手のひらの中で鋼《はがね》の円環が回り始める。

逆巻く渦の中で僕が目にしたのは——

幾原先生の引きつった顔。眼鏡のレンズ越しにゆがむ目。

世界を塗り潰す圧倒的な青。

五感すべてを熔《と》かして鋳《い》つぶして異形に練り上げる激痛。

僕の肉体はばらばらになり、風に捉えられ、高く持ち上げられて大地に叩《たた》きつけられ、腕も脚も砕け散って砂に変わり、破片にこびりついた意識だけが声もなく泣き——

暗闇の真ん中に向かって収束していく。

＊

僕は全身を痙攣《けいれん》させて我に返った。椅子《いす》からずり落ちそうになる。

店内の客の何人かが訝《いぶか》しげにこちらを見て、それから興味を失って目をそらした。

なにが起きたのか、すぐに理解できなかった。昂《たか》ぶりすぎた鼓動が肋骨《ろっこつ》や頭蓋骨や鼓膜を内側から殴り続けている。

……マクドナルドの店内だ。さっきまでと同じ場所、同じ席。

失敗した？　巻き戻せなかった？　そんなことこれまで一度もなかった。それにハンドルをこの手で回すたしかな感触も、遡るときの逃れようのない圧迫感も、痛みさえもあったのに。

それから気づく。

同じじゃない。客が増えている。僕以外に二組しかいなかったはずなのに、今はフロアの席が半分以上埋まっている。いつの間に？　考えごとをしていたせいで気づかなかったのだろうか。

増えているのは客だけではなかった。テーブルに目を落とし、声をあげそうになる。

紙コップとスマホが、二つずつある。

これは――

自分のスマホを点ける。8／30　19：03。

八月三十日？

僕は目を剝いてスマホを握りしめ、日付表示を見つめる。

二十四時間戻っている。

目を閉じてぐっと息を詰め、暗闇の中を探る。ハンドルの気配はどこにもない。やはり巻き戻した後なのだ。目を開いてスマホをもう一度見る。

八月三十日。なぜ。

横殴りの夕立みたいな激しい混乱が僕を襲う。そのまま奔流に足を取られて沈み、溺《おぼ》れそうになった。

そんな僕を現実に引き戻したのはテーブルにあるもう一つのスマホだった。

純香先輩の忘れ物。

この時刻は——先輩が店を出ていった直後だ。

両方のスマホをつかんで階段に走った。

駅のプラットフォームの端で純香先輩を見つけた。

その横顔は透けて消え入りそうなほど存在感が希薄で、夏の夜の濃い風が吹き抜けるたびに少しずつ背景に同化していくように見えた。まわりに他の客の姿もない。

「……先輩！」

呼ぶと、僕の声は長い長い時間をかけて先輩の耳に届いたようだった。

ゆっくりとこちらを向く。

かすかに目を見張る表情の変化も、気まずそうに唇を噛《か》むさまも、みんなスローモーションだった。べつべつの星の上で交信しているみたいだ、と思った。

隔絶感は、駆け寄ってスマホを手渡しても変わらなかった。僕らの間には暗くて深い銀河が横たわっていた。受け取った先輩は、不審そうな顔で手のひらの小さな機械を何度かひっくり返して眺め、鞄《かばん》の背ポケットにしまった。

吐息とほとんど変わらない声で言う。

「……忘れてたんだ。ありがとう」

微笑《ほほえ》みさえするのだけれど、下まぶたには泣き腫《は》らした跡がまだわずかに残っていて、笑顔をどうしようもなく哀しく見せる。

これが最後なんだな、と思った。

この人と共有できる、最後の時間。明日になればこの人は行ってしまう。手の届かない向こう側の、さらに向こうに。

いま届くのも、ほんの少しの言葉だけだ。

だから――。

「……作業、ちょっとだけ残ってますけど、あとは僕ひとりでできると思うので、明日学校来て済ませちゃいます。新学期になんとか間に合います。先輩のおかげです。ほんとにありがとうございました」

僕が言うと、先輩は小さくうなずく。

ちがうだろ、と僕は自分を詰《なじ》る。

もっと、もっと他に言わなきゃいけないことがある。

構内アナウンスが、間もなくの各駅停車到着を告げる。黄色い線の内側にお退《さ》がりください……。先輩の視線が、線路の上にわだかまる闇の中へと泳ぎ出す。

そのときようやく僕は気づく。

これは純香先輩ではなく、僕の問題なのだ。

決めなくてはいけないのも、選ばなくてはいけないのも、僕だ。

なにがどう作用して僕の能力がねじ曲げられ、戻れないはずの二十四時間前に戻ってきてしまったのかはわからない。

でも今ここにいる以上は——先輩と言葉を交わす最後の機会を手にしたからには、やらなければいけない。

僕は僕の初恋を、終わらせなきゃいけない。

半分闇に沈んだ先輩の顔を見つめ、口を開いた。

「……ずっと、先輩のことが好きでした」

先輩の表情は変わらなかった。蛹《さなぎ》が羽化するところをじっと見守っているような無機質でやさしい目だった。

「入学して、はじめて見たときからずっと。それで図書委員会にも入って……もともと本が好きだったのはほんとうなんですけど、だから先輩がすすめてくれた本も、半分くらいはすごく面白くて、もう半分は難しすぎて、そういうふうに毎日楽しくて――」

声が熱で焼き切れそうになる。

先輩の涙はもう乾きかけているのに、僕の方が泣いてどうするんだ。

言葉をつなぐんだ。最後まで。

「ずうっと先輩とそうやって一緒にいられたらって思ってたけど、でも先輩の中にべつのだれかがいることもわかって、それで……だからって、どうかしようってこともなくて、つまり先輩の中に僕の場所は最初からなかったわけなので」

言葉が僕の中でくしゃくしゃに萎《しお》れていく。

自分がなにを喋《しゃべ》っているのかよくわからなくなる。

なにを伝えればいいのだろう。どうやって終わらせればいいのだろう？

先輩の翳《かげ》った顔に、見《み》憶《おぼ》えがあることに気づく。

あの日、蝉の輪唱が降り注ぐ林の中で、木の葉の重なりに細かく砕かれた陽を受けてまぶしげに目を細め、木々の向こうを見つめていた先輩の顔。

それなら。

始まりも終わりも、あの場所にしよう。

僕はもう一度口を開く。傷だらけの喉《のど》を言葉が通り抜ける。

「……でも、僕の中にはずっと先輩の場所があって、だから、……僕の図書館の、司書の仕事はいつでも空けておきます。先輩が好きな本もたくさん、先輩があんまり好きじゃない本はもっとたくさん、用意しておきます。……いつでも来てください」

僕の言葉の最後を踏み潰しながら列車が滑り込んできた。なにかを答えかけた先輩の髪が風に舞い上がった。

ドアが開き、先輩の輪郭が逆光の中でにじむ。見えない力が先輩の肩を押し、その身体《からだ》は僕の方を向いたまま車内に吸い込まれる。

ドアが閉まり、僕と先輩を隔てた。たぶん、永遠に。

列車が走り去った後も、僕はプラットフォームの端っこに立ち、線路の上にわだかまった闇の中を蛍みたいに漂う言葉の余韻をじっと目でたどっていた。

やがてアナウンスが響き、反対車線に快速電車が滑り込んできた。


帰宅前にコンビニに立ち寄り、いちばんミントのきついガムを買った。

食欲はまるでなかったので、家に着いてすぐ風呂場《ふろば》に直行した。

シャワーを浴びてパジャマに着替え、自分の部屋に引っ込むと、天井が崩落してきたのではないかと錯覚するほどのすさまじい眠気が襲ってきた。

考えてみれば、体感の上ではここ三日か四日の間ろくに眠っていないのだ。睡眠が半ば精神に属するものである以上は、実際に深刻な寝不足だ。巻き戻しを続けていたらほんとうに死んでいたかもしれない。

なんとか眠気に抗いながら、アラームを六時半にセットした。目を閉じれば今日が終わり、次に目を開くとき、真新しい八月三十一日が始まる。僕の人生における他の日々と同じように、当たり前で、つまらなくて、ささやかで、けれどかけがえのない、取り返しのつかない一日になる。

なにが起きても、起きなくても。

まどろみにもまれながら、明日のことを考える。

六時半にアラームで叩き起こされたら、寝ぼけ眼《まなこ》をこすりながら急いで着替え、ひとまず家を出よう。表通りの交差点で信号待ちをしているはずの青い小型トラックを探すのだ。運転手はきっとステアリングを弱く握りながら舟を漕《こ》いでいるだろう。窓をばしばし叩いて開けさせたら、ガムを差し入れて居眠り運転は危ないですよと言ってやる。きっと激怒するだろうけれどしかたない。

家に逃げ帰って、二度寝をしよう。昼前くらいに暑さに堪えかねて再び目を醒《さ》ましたら——学校に行こう。

司書室で残りの作業を済ませて、システムをテストする。一時間もかからないはず。

その後は？

そうだ、僕は美術部員なのだった。文化祭も近い。美術室の棚にしまい込んだままの下絵を引っぱり出して、まずは下塗りをしよう。魚の群れに囲まれて漂う燈子の絵。空だか海だかわからないような瑠璃《るり》色でカンバスを満たして——

眠りが僕をひたひたと浸食しつつあった。

水を含んだ心がふやけてほぐれていく。

沈みきる直前に僕が想《おも》っていたのは、やっぱり純香先輩のことだった。僕が登校すると知っているのだから、あの人の行き先はたぶん図書館か美術館だろう。あるいは僕の知らないまったくべつの場所かもしれないけれど。もうあの人の未来は僕の円環から外れてしまったのだから、祈ることしかできない。選んだ旅路の果てにあるのが、苦しみのない国でありますようにと。

やがて水面が、僕のまぶたの上でやさしく閉じた。

# 9

僕の絵が完成したのは九月の終わりだった。

「いいね。胸に迫るものがあるよ」

二人きりとなってしまった美術部の活動で、道永先輩はそう講評してくれた。

「なんといってもモデルがいいよね。燈子ちゃんはあたしも描きたかったんだけど先越されちゃったな。残念。あたしのときにこんな表情してくれるかどうかわからないし、これは間違いなく柚木君にしか描けない絵だね」

「いや、そんな……ずいぶん手伝ってもらいましたけれど」

「基本的なところだけだよ。顧問がいなくなっちゃったし、あたしが教えるしかなかったもんね。自分で言うのもなんだけど、あたし教えるの下手だからね。そんなハンデ背負って柚木君はよくやったよ」

わけがわからない言い方だったので褒められている気が全然しなかった。たしかに道永先輩は、才能ある人特有の感覚的な教え方で、こっちの理解が追いつかないことがしょっちゅうだった。

それでも教え手がだれもいないよりはよほどましだったけれど。

道永先輩は、美術準備室のドアをなんでもなさそうに見やる。僕も無意識にその視線をたどる。

ずっと閉ざされたままの部屋。

幾原先生の退職は、夏休みが明けた始業式の場で教頭の口から唐突に全校生徒に向けて報された。一身上の都合で、とのことだった。教職員側にとっても寝耳に水だったのだろう。教頭の口調からは困惑している様子がありありと伝わってきた。

たぶん純香先輩に関連しての退職だろうけれど、確証はなかった。

一ヶ月たった今に至るも、後任の美術教師はいない。美術の授業はずっと自習だ。

先生がどうなったのかは僕も知らないし、退職理由が知りたいとも特に思わなかった。憎んでもいなかった。たとえば退職せずに二学期から平然と学校に来ていたとしても、おそらく僕はなんとも思わなかっただろう。……いや、これはさすがに強がりが過ぎるかもしれない。

とにかく、僕はあの先生のことをよく知らないままだったのだ。

たしかに、なかったことにしてしまった何回目かの八月三十一日の朝に、僕は先生のどす黒い粘着質な部分を見せつけられた。でもそれだけで彼の本質を見たと断じるほど傲慢《ごうまん》にはなれなかった。

ふと手に取った知らない本の、たまたま開いたページに醜い言葉が並んでいたからといって、前後の文脈がわからなければなんの意味も読み取れない。

僕は幾原典明というその本を、一ページだけ読んで棚に戻した。それだけだ。

「次は油彩に強い先生だといいねえ」

道永先輩が準備室のドアを見たままのんびりつぶやく。

「幾原先生も彫刻家としては悪くない腕だったんだけどね。モチーフに対しての視点があんまり趣味合わなかったね。少女性への崇拝とか、傷つけまいとしてかえって傷つけてしまう自分に酔っちゃってるところとか、気に食わなかったよね」

道永先輩の容赦のなさはいつもながら心地よいほどだった。新しい美術教師がいつ赴任してくるのかは知らないが、この物言いを軽く受け流せる人でありますように、と祈らずにはいられなかった。

「ま、先生がいなくても文化祭はなんとかなりそうだからね。柚木君のおかげだよ。あたしの絵が五点と、柚木君のこれと、あと果物の習作ぜんぶ展示しようかと思ってるんだけどいいよね？　成長過程としてもなかなか貴重な資料だよ」

「最初の頃のはほんとに恥ずかしい出来ですけど」

「大丈夫だよ。最近のも恥ずかしい出来なのはそんなに変わってないよ」

ほんとうにほんとうに容赦がない人なのだ。

「大切なのは熱量だよ。そして熱量ってのは物量のこと。あの量は圧倒されるよ」

展示のレイアウトについて二人で美術室のあちこちにイーゼルを立てて話し合っていると、廊下側のドアが開いた。

「啓太、図書委員の方にちょっと――」

燈子だった。

夏服から伸びる腕と脚はきれいなコーヒー色に日焼けしていて、毎朝見ているはずなのに僕は内心驚く。すぐそばにある絵の中の少女と比較してしまったためだ。本物はこんな色だったのか、と。

燈子も絵に気づいた。かすかに目を見開き、歩み寄ってくる。

「……完成したんだ？」

僕の顔と、青の中に漂う魚たちとを見比べて言う。

「……うん。一応」

「実はまだ完成じゃないんだよね」

道永先輩が横から言う。

「油絵って、絵の具が乾ききるまでにめちゃくちゃ時間かかるの。半年くらい、長いと一年とか。乾ききったらワニス塗って表面を保護して完成。乾く前に塗っちゃうとひび割れたりする」

「そうだったんですか……」

全然知らなかった。描いている間も、絵の具の層がずっと柔らかいままで指で押したら凹《へこ》んでしまうくらいだったので、いつ乾いて固まるんだろう、と心配していたのだけれど、そんなに時間がかかるとは。

「えっと、じゃあどうするんですか。文化祭は来月ですけど。間に合わないんじゃ」

「んん、とりあえずで仮引きする通気性の良いワニスもあるから、描いてすぐ展示会なんてときはそれでごまかしたりする。あたしはこのまま展示でもべつにいいと思うけど。油絵って生き物なんだよね。絵の具が乾いてく過程で透き通って下地がうっすら出てきたりして色合いが変わってくるんだよ。その過程も含めて楽しみたいよね。ワニスって画面全体の光を均一にするためのものだから、プロっぽさは出るけど、生き物としては殺しちゃうよね。この絵はぜったいに良い方向に変わってくからなるべく殺さずに見届けたい」

先輩の言っていることは半分以上理解できなかったけれど、そんなものか、とうなずいておいた。僕の隣で燈子は、魚影の舞う中でまどろむ少女にじっと見入っている。あまりにも目つきが険しいものだから心配になって横からこわごわ言った。

「……あの、モデルはやってもらったけど、これは、絵だから、つまり、燈子をそのまま描いてるわけじゃないから、ぜんぜん似てないように見えるかもしれないけど」

「わかってる。そんなこと気にしてない」

僕は首をすくめて口をつぐんだ。

「どうせ啓太は描きあげられないかと思ってた」

つぶやく燈子の瞳《ひとみ》の中には、空と海の混じり合った青と、魚たちの背の白とが映り込んでいた。

「……うん。僕も、描けるとは思ってなかった」

鉛筆描きの下絵のまま棚にしまい込んで、存在すら忘れてしまうのだと思っていた。

でも、また筆をとることができた。時間を前へ進めると決めた。

燈子の――おかげだ。

「……いい絵だと思う」

ぽつりと言った燈子の横顔を、僕はまじまじと見つめた。こっちに訝しげな目を向けてくるので、あわてて言う。

「燈子が普通に僕を褒めるのなんて、生まれてはじめてだから、びっくりした」

「褒めるときは褒めるでしょ。なに言ってんの」

記憶にある限り一度もないのだが。

そこで道永先輩が、助け船のつもりでもないのだろうけれど、横から口を挟んで話を戻してくれた。

「燈子ちゃん、なんか用事があったんじゃないの。図書委員がどうとか」

「ああそうだ。啓太借りてってもいいですか。新しい本どうやって登録するかわかる人がいなくて」

「いいよいいよ」と道永先輩は笑って手を振る。「なんか柚木君よりもよっぽどしっかり図書委員やってるね、燈子ちゃん」

「九月も終わっちゃうと水泳部はだいぶひまなので」

燈子はつまらなそうな顔で答える。

「それに、人手不足なんです。久米沢先輩がいなくなっちゃったし」

三階の渡り廊下は天井のない吹きさらしで、通り抜ける風は肌寒くさえあった。雲ひとつない晴れた空だったけれど、陽の光は羽毛みたいにやわらかい。十月を待たずに長袖に衣替えしてしまおうか、とまで思う。

「夏、終わっちゃったね。いつの間にか」

三歩先を歩く燈子が、手すりの向こうを眺めながらつぶやく。

「あっという間だった」

「うん」

振り返ってみれば、短い夏だった。

あれほど繰り返した八月三十一日も、僕の記憶の中ですでに線香花火の最後の玉みたいに小さくまとまって固まって縮こまって燃え尽きて、灰の塊になろうとしていた。

「久米沢先輩から、……なにか連絡あったりしないの？」

「なんにも。連絡先知らないし」

「ふうん」

僕らは向かいの校舎に入る。肌寒さと太陽の手触りとがいっぺんに消え、首筋に残るのはひとひらのさみしさだけになる。

二学期が始まっても、純香先輩は学校に来なかった。退学したらしいけれど、詳しいことは知らない。司書の堀川先生も、言葉を濁していた。中絶手術のためか、あるいは産むことにしたのか、ひょっとしたら幾原先生と駆け落ちでもしたのか――。どの可能性にしても鬱《ふさ》ぐのであまり考えないことにした。

ひとつ、わかっていることは――生きている、ということだ。

八月三十日、美術準備室から盗み出した彫刻刀を鞄に入れて持ち帰ったはずの純香先輩は、けれど、次の日に自分で喉を掻《か》き斬って死ぬことを選ばなかった。僕が繰り返したあらゆる未来で彼女の終着地は自分の血だまりの中だったのに。

結果を変えられた理由は、わからない。

僕の言葉のどれかが先輩に影響を及ぼせたとは、とても思えない。そこまで己惚《うぬぼ》れられない。事実はもっとシンプルで、忘れ物のスマホが先輩の手に戻ったから、幾原先生と電話で話し合えて、お互い冷静になり最悪の結論を回避できた、というだけのことかもしれない。

いずれにせよ、純香先輩は僕の人生から消えた。

いや、元からいなかったのだ。

美しい蜃気楼《しんきろう》を眺めていただけだ。夏が終わったから、現れなくなる。

おそらくはもう二度と。

だから、僕には哀しむ理由もないし資格もない。

恨む資格は――ほんの少しあるかもしれない。図書委員の仕事が増えた。

それにしたって先輩は受験生だったのだからどのみち二学期からは委員会活動なんかにかまけていられなくなっていたはずだろう。僕らでこなすしかない。

司書室には段ボール箱が山積みになっていた。蔵書システムの大改修に合わせてかなりの冊数を新しく購入していて、人手が追いつかずに放置されていたのだ。

今も、貸出カウンターに二年生の先輩がひとりいるだけ。

僕と燈子でやるしかなさそうだ。

いちばん上の箱を開く。新品本の表紙が並んでいる。

燈子はマグカップ二つにインスタントコーヒーの粉を入れ、電気ポットからお湯を注いだ。二人きりの司書室にコーヒーの香りが満ちる。

燈子がデータ入力をちゃんと憶《おぼ》えたいというので担当してもらい、僕はラベル貼《は》りを受け持った。カラープリンタから吐き出されるシートを裁断して背表紙に貼り、さらに本全体をフィルムで保護する。

純香先輩はほんとうに手際が良かったな、と思い出す。

いつも僕が入力担当、先輩が細かい手作業の担当だった。どんなサイズの本もよどみなくフィルムコーティングしていくあの手つきは、見ているだけで楽しかった。

気づけばまた先輩のことを考えている。

もういない人なのに。

最初から僕の中にいなかった人が、幻さえも残さず消え失《う》せただけなのに。

でも、十何冊かの作業を終えたとき、燈子がふとキーボードを叩く手を止めて言った。

「あれ。……なんかこれ、入力済みになってるんだけど」

僕はPCの画面を横から覗《のぞ》き込んだ。

「どれ」

「新しく入った本。寄贈本？　だよね、これ？　もうデータだけ入ってる。啓太やってくれたの？」

「いや、知らないけど」

燈子が指さした項目に並ぶ書名をざっと読んだ僕は、椅子を鳴らして立ち上がり、背後に積み上げられた段ボール箱の山に向き直った。一箱ずつ山からおろしながら伝票を確認する。

いちばん下の一箱だった。送り主の欄に『久米沢純香』と書いてある。見憶えのある、先輩の字だ。本校図書委員会宛《あて》。品名には『寄贈本』。

息を詰めてガムテープを剝《は》がし、ふたを開いた。

緩衝材として詰め込まれた新聞紙の下から、一冊ずつビニル袋に入れられた本がたくさん現れる。

伊坂幸太郎と森見登美彦と辻村深月はみんなハードカバーだった。僕が読んだことがあるのも、読んだことがないのも。それからサリンジャー、マルケス、ボルヘス、『金枝篇』の図説版、きちんとケースに入った『紅楼夢』全七巻……。

一冊一冊取り出して、袋を外して、手のひらで重みをたしかめる。

どの本も保存状態はとてもよかったけれど、新品ではない。小口は日焼けしているし、ページ端の中程は黒ずんでいる。何度も何度も読み込まれた本なんだろう。

僕の好みやこれから読みたい本を、そんなに詳しく話していただろうか？

……話したかもしれない。

この司書室で、たくさんの時間を先輩と過ごした。本の話だけは飽きずにいくらでも交わした。僕と先輩との間にはそれしかなかった。

それだけは——あった。

僕は本を抱えてうずくまった。

そうしないとなにかあふれ出てきてしまいそうだった。

本を汚すわけにはいかない。図書委員なのだから。

燈子も立ち上がり、ためらいがちに寄ってきたのが気配でわかった。でも言葉はなにもなかった。

僕はやさしい沈黙の中で思い出していた。

先輩をはじめて見て憧《あこが》れた春の日のことや、先輩に手が届かないまま壊れていくのを見送るしかなかった夏の日のことを。

喉のあたりまでこみ上げていた熱が、やがて落ち着き、胃の底へ戻っていく。

僕は身を起こして椅子に腰を下ろした。

「……データはクラウドにあげてるから、どこからでも入力できるんだ。それで、たぶん、先輩がやってくれたんだと思う」

「……そっか。……手間が省けるね」

燈子の素っ気ない言い方は、かえってありがたかった。

作業を終えた僕らは、手分けして新しい本を図書室の方へと運び入れ、棚を整理して置き場所をつくった。先輩の欠片《かけら》たちが僕の図書館のあちこちに溶け込んでいく。そうして知識は名前を失って骨だけとなり、だれかにとっての傷痕《きずあと》になり、またべつのだれかにとっての灯火になるだろう。図書館は、そんな果てなく巡る道程をつなぐ一夜の宿になれればいい。

燈子とは、朝の電車でいっしょになることはよくあったけれど、帰りもいっしょなのはずいぶん久しぶりだった。けっきょく下校時刻まで図書委員の雑務につきあわせてしまったのだ。

帰り道はすっかり暗く、肌寒かった。

駅前の商店街の明かりが三つ向こうの交差点に見えているけれど、そこまでは街灯がぽつりぽつりと道の両端に並んでいるだけだ。聞こえてくる虫の声も品良く金属的な響きばかり。

ここ一週間で坂を転げ落ちるようにして涼しくなり、夏なんてみんな嘘《うそ》だったように思えてくる。

狭い歩道を、燈子の三歩ほど後からついて歩いた。

燈子との間にはしばらくまったく会話がなかった。つきあいが長い相手なので特に気まずさもない。昔からお互いの部屋に転がり込んで黙って漫画を読んだりゲームをしたりしてきた仲だ。

でも、と思う。

この十五歳の夏に、僕はいくつかのことを学んだ。

ただ時間を繰り返すだけでほとんど無意味な能力だけれど、学ぶことは確実にできる。何度となく巡った八月三十一日が僕に教えてくれたいちばん大切なことは、こうだ。

ある種の想いは、言葉にして伝えなければいけない。必ず後悔する。

痛みはある。ときには血も流れる。もとより言葉は刃《やいば》だ。口に出されればなにかを切り裂き、断ち割ってしまう。たとえば言葉になった部分とならなかった部分。知らなかった過去と知ってしまった現在。

それでも、言葉にしなければいけないときがある。

「……燈子がいてくれて、よかった。ほんとに」

最初の交差点の信号待ちで、僕はそうつぶやいた。

燈子は怪訝《けげん》そうに首を傾《かし》げる。

「なに、いきなり。図書委員手伝うくらい、大したことじゃないよ」

「いや、そっちのことじゃなくて」

僕は言いよどみ、言葉の続きに迷った。タクシーが一台、光の尾を引きながら左手へと走り過ぎていった。

風がいっそう冷たくなる。

「純香先輩が、自殺した日のこと。……燈子のおかげで、助けられた。たぶん」

燈子は唇をすぼめ、なにも答えずに車道に目を戻した。

信号が青に変わったけれど、僕らはどちらも横断歩道に足を踏み出せず、かすかに排気ガスの香るしんとした静けさの中で立ち尽くしていた。

否定の答えもなかったということは——僕の考えが正しかったということだ。

向こう岸で青信号が点滅を始める。不安がこみ上げてくる。

「……あの、知られたくなかったんなら、ごめん」

「べつに隠してたわけじゃない」

燈子はぽつりと言った。

「ただ、わざわざ話す機会もなかったし。……啓太もそうだっていうのは、ちっちゃい頃からなんとなくわかってたけど、でも絶対そうだっていえるわけでもなかったし」

僕は顔をこわばらせたまま小さくうなずく。

僕だって、本人の口から聞かされた今でさえ信じられない。自分とまったく同じ能力を持つ人間が、こんな身近にもう一人いたなんて。

でも、そう考えるとすべての辻褄《つじつま》が合うのだ。

これまで何度か、自分でハンドルを回したわけでもないのに勝手に《巻き戻》ってしまうことがあった。あれは暴発などではなく燈子が巻き戻していたのだ。五月だったか、プールで事故が起きた日もそうだろう。燈子の目の前で水泳部員がなにか深刻な怪我《けが》をしたのだ。

思えば燈子だけは、遡《さかのぼ》った後に前とちがう行動をとることが多かった。僕のすぐ近くにいるから微細な行動変化の影響を受けやすいのではないか、と思い込んでいたけれど、そうじゃなかった。彼女も記憶を保持したまま僕と一緒に遡っていただけなのだ。何回目かの八月三十一日で僕がなにをしたわけでもないのに部活を休んでいたのも、僕の繰り返しにさんざん付き合わされてうんざりしたからだろう。

そして、繰り返しの最後の回でも――

僕が巻き戻した直後に、燈子がさらに巻き戻したのだ。そうとしか考えられない。

だから、二十四時間前に――先輩と過ごした最後の夜にまで遡れた。

ずっと気づけなかった。いつも燈子が一緒にいたなんて。事件が終わって、なにもかもがこうして過ぎ去った後で、ようやく気づけた。

燈子はきっと僕よりもずっとずっと慎み深く、注意深かったのだろう。節操のない僕とちがって、これまでほとんどこの能力を使ってこなかったのだ。

燈子はふうっと息を吐き出し、鞄を肩にかけ直し、自分の靴先に目を落とした。

「久米沢先輩も、関係ないし。……死んでたってのも、ずっと知らなかったし。あの、幾原先生が事故で死んじゃったとき。……あのときにようやく知った」

僕は目を見張った。

「そう……なの？」

いや——言われてみればそうか。

燈子は先輩の死を知りようがなかったのだ。毎回僕が先輩の遺体発見から一時間以内には巻き戻していたし、燈子は家にいるか水泳部の活動中かどちらかだった。現場が校舎裏だったときですら、情報が届く前に巻き戻されてしまっていた。

ようやく知り得たのは、僕が夜七時頃まで迷い続けていたあの回だ。

「啓太が何度も戻して必死になにかやってたのはわかってたし、たぶん久米沢先輩になにかあったのかなとは思ってたけど。……自殺だったの？　それも知らなかった。どっちにしろ先輩は関係ない」

純香先輩は関係がない。

燈子は先輩がなぜ死ぬのかすら知らなかったわけだし、僕が朝まで巻き戻した時点でそもそも先輩は死んでいないのだから、先輩を助けるためにさらに十二時間巻き戻すというのは、たしかにあり得ない。

「でも、じゃあ、どうして」

そのときはじめて燈子は感情をあらわにした。むっとして唇をとがらせ、駅の明かりの方を向いてしまったのだ。

「啓太が死んじゃったからにきまってるでしょ」

僕はしばらく呆然《ぼうぜん》となり、それから思い至って声をあげそうになった。

最後に巻き戻したあのとき。

時間が逆流する感覚の中で、幾原先生の引きつった顔が浮かび、なにか激しい痛みと衝撃みたいなものを味わった。

記憶のフラッシュバックかと思っていたけれど、あれはみんな実際に起きたことだったのか。

僕は午後七時過ぎから十二時間遡って午前七時過ぎ——小型トラックが僕と幾原先生めがけて突っ込んできたまさにあの瞬間に到着してしまい、状況を把握しないまま避けられずに撥《は》ねられたのだ。

「……先生は怪我で済んでて、啓太は逆に——死んでて。それで」

燈子は声を詰まらせる。

「気づいたら、戻してた。それだけ」

僕は燈子の横顔をじっと見つめた。

街灯の頼りない光が宵闇《よいやみ》を背にして彼女の顎《あご》や首筋の儚《はかな》い輪郭を切り取っていた。

「……そっか。……ありがとう」

やっと、それだけ言えた。燈子はまだこちらを向いてくれない。

「だから、お礼なんていい。当たり前のことしただけ。……啓太だって、あたしが事故に遭わないように毎回戻るたびになんか色々やってたでしょ。それと同じ」

「あ……」

気づいていたのか。

そりゃそうか、燈子は繰り返しのすべてを記憶しているんだから。というか、僕がなにをするまでもなく、二回目以降は自分で事故を避けられたのだ。そう考えると自分がずいぶん間抜けなことをやっていたと恥ずかしくなってくる。

僕の気まずさを察したのか、燈子はあわてた様子で半歩寄ってきて言った。

「べつに啓太のやったことが無駄だったとかそういう意味で言ったんじゃなくて。あれは、あたしもうれしかったし、……そんなことしなくても大丈夫だって、言えばよかったんだろうけど、どう言えばいいかわからなかったし……」

僕は首を振った。

「……僕だって、だれにも言えなかったよ。こんなの……なんでこんなことできるのか全然わからないし。使ってて大丈夫なのかなって、怖かったし」

「あたしもちょっと怖かった。戻すとすごく頭痛くなるし」

なにからなにまで同じなんだな、と思う。一体この力はなんなんだろう、どうして僕ら二人に与えられたのだろう――と、答えの出るはずもない疑問を僕は噛《か》み殺す。

「でもあたしは、啓太も同じなんだってずっと知ってたから、……あたしだけ少し気が楽だった。なにか事故とかあっても、啓太が戻してくれるのかな、とか思って様子見しちゃったり。卑怯《ひきょう》だよね」

「そんなことない。べつに、なんか、その……義務なわけじゃないし……」

燈子が話してくれたから、僕もだいぶ心が軽くなった。ひとりではなかった。時を遡る暗い船旅にはいつも燈子が付き添っていてくれたのだ。

僕が巻き戻してなかったことにしてしまった何百時間も、僕の中だけで上映されたむなしい仮の体験なんかじゃなかった。たしかな現実なのだ。燈子と共有した記憶がその存在の証だ。

現実の僕が傷つき、現実の僕が死に、現実の僕が生きている。

生きていれば時間は未来に向かって流れていくしかない。

留まっているのは死んだものだけだ。

僕らは取り返しのつかない色を現在に塗り重ねながら、次の場面へ、次の季節へと歩みを進めていく。

何度の青信号を見過ごしてしまったかわからないけれど、向こう岸でまた信号が赤から青に切り替わる。

暗く乾いた河の中へと一歩を踏み出した。少し遅れて、燈子が僕の横に並ぶ。よそよそしく冷たい夜の空気が僕と彼女の間の距離を測るようにすり抜けていく。

この場面で、なにか言葉が必要な気がした。僕らのささやかでつまらない当たり前の一日を呼び戻すための、なんてことない会話が。

近づいてくる商店街の灯を見やりながら考え、迷い、ようやく口にする。

「そうだ、またモデル頼んでいいかな。次は秋っぽいやつを描きたい」

隣で燈子が目を見張り、やがて、ふっと小さく息をついたのがわかる。

「いいけど」

つぶやきが返ってくる。受け入れてくれたのだ。

車が何台も、背後の車道を通り過ぎていく。ざわめきが戻ってくる。

燈子は少し照れくさそうに続けた。

「今度はスケッチしたらすぐ描いて。あの絵、せっかく苦労して筋肉痛になってまでモデルやったのにけっきょく完成しないのかってがっかりしてたんだから」

「あー、うん、ごめん」

「冬の絵にしたら？　啓太すぐさぼるから秋には完成間に合わないでしょ」

「間に合うよ。間に合わせるよ。十月……ううん、十一月中くらいには」

「ふうん。どうだか」

言い合いながら、僕と燈子は並んで次の横断歩道を渡る。どこかでほとんど聴き取れないほど甲高い犬笛の音がする。染《し》みるような風がやってきて、僕らの唇やうなじにほのかに残っていた夏の最後のかけらをみんな吹き散らしていく。遠くの教室や校庭で交わされているとりとめもない喋り声までも聞こえてきそうな、どこまでも透きとおった九月の終わりの夜だった。

本書は新潮文庫のために書き下ろされた。

河野裕著

**いなくなれ、群青**

11月19日午前6時42分、僕は彼女に再会した。あるはずのない出会いが平坦な高校生活を一変させる。心を穿つ新時代の青春ミステリ。

河野裕著

**その白さえ嘘だとしても**

クリスマスイヴ、階段島を事件が襲う――。そして明かされる驚愕の真実。『いなくなれ、群青』に続く、心を穿つ青春ミステリ。

河野裕著

**汚れた赤を恋と呼ぶんだ**

なぜ、七草と真辺は「大事なもの」を捨てたのか。現実世界における事件の真相が、いま明かされる。心を穿つ青春ミステリ、第3弾。

河野裕著

**凶器は壊れた黒の叫び**

柏原第二高校に転校してきた安達。真辺由宇と接触した彼女は、次第に堀を追い詰めていく……。心を穿つ青春ミステリ、第4弾。

河野裕著

**夜空の呪いに色はない**

郵便配達人・時任は、今の生活を気に入っていた。だが、階段島の環境の変化が彼女に決断を迫る。心を穿つ青春ミステリ、第5弾。

河野裕著

**きみの世界に、青が鳴る**

これは僕と彼女の物語だ。だから選ばなければいけない。成長するとは、大人になるとは、何なのかを。心を穿つ青春ミステリ、完結。

村上春樹著

**世界の終りとハードボイルド・ワンダーランド**

谷崎潤一郎賞受賞（上・下）

老博士が〈私〉の意識の核に組み込んだ、ある思考回路。そこに隠された秘密を巡って同時進行する、幻想世界と冒険活劇の二つの物語。

村上春樹著

**ねじまき鳥クロニクル**

読売文学賞受賞（1〜3）

'84年の世田谷の路地裏から'38年の満州蒙古国境、駅前のクリーニング店から意識の井戸の底まで、探索の年代記は開始される。

村上春樹著

**海辺のカフカ**（上・下）

田村カフカは15歳の日に家出した。姉と並んだ写真を持って。世界でいちばんタフな少年になるために。ベストセラー、待望の文庫化。

村上春樹著

**東京奇譚集**

奇譚＝それはありそうにない、でも真実の物語。都会の片隅で人々が迷い込んだ、偶然と驚きにみちた5つの不思議な世界！

村上春樹著

**1Q84**

—BOOK1〈4月—6月〉前編・後編—

毎日出版文化賞受賞

不思議な月が浮かび、リトル・ピープルが棲《す》む1Q84年の世界……深い謎を孕《はら》みながら、青豆と天吾の壮大な物語《ストーリー》が始まる。

村上春樹著

**騎士団長殺し**

第1部 顕れるイデア編（上・下）

一枚の絵が秘密の扉を開ける——妻と別離し、小田原の山荘に暮らす孤独な画家の前に顕《あらわ》れた騎士団長とは。村上文学の新たなる結晶！

宮部みゆき著 **魔術はささやく**
日本推理サスペンス大賞受賞

それぞれ無関係に見えた三つの死。さらに魔の手は四人めに伸びていた。しかし知らず知らず事件の真相に迫っていく少年がいた。

宮部みゆき著 **レベル7《セブン》**

レベル7まで行ったら戻れない。謎の言葉を残して失踪した少女を探すカウンセラーと記憶を失った男女の追跡行は……緊迫の四日間。

宮部みゆき著 **返事はいらない**

失恋から犯罪の片棒を担ぐにいたる微妙な女性心理を描く表題作など6編。日々の生活と幻想が交錯する東京の街と人を描く短編集。

宮部みゆき著 **龍は眠る**
日本推理作家協会賞受賞

雑誌記者の高坂は嵐の晩に、超常能力者と名乗る少年、慎司と出会った。それが全ての始まりだったのだ。やがて高坂の周囲に……。

宮部みゆき著 **淋しい狩人**

東京下町にある古書店、田辺書店を舞台に繰り広げられる様々な事件。店主のイワさんと孫の稔が謎を解いていく。連作短編集。

宮部みゆき著 **理由**
直木賞受賞

被害者だったはずの家族は、実は見ず知らずの他人同士だった……。斬新な手法で現
会の悲劇を浮き彫りにした、新た、

デザイン　川谷康久（川谷デザイン）

# この恋《こい》が壊《こわ》れるまで夏《なつ》が終《お》わらない

新潮文庫　す－31－1

令和四年五月一日発行
令和六年八月二十五日三刷

著者　杉《すぎ》井《い》光《ひかる》
発行者　佐藤隆信
発行所　株式会社新潮社
郵便番号　一六二―八七一一
東京都新宿区矢来町七一
電話　編集部（〇三）三二六六―五四四〇
読者係（〇三）三二六六―五一一一
https://www.shinchosha.co.jp
価格はカバーに表示してあります。
乱丁・落丁本は、ご面倒ですが小社読者係宛ご送付ください。送料小社負担にてお取替えいたします。

印刷・錦明印刷株式会社　製本・錦明印刷株式会社


ISBN978-4-10-180237-4 C0193